やさしい傷跡

崎谷はるひ

幻冬舎ルチル文庫

CONTENTS ✦目次✦

やさしい傷跡

✦カバーデザイン＝齊藤陽子（CoCo.Design）
✦ブックデザイン＝まるか工房

イラスト・石原　理

やさしい傷跡

＊　序章　＊

ぱしり、と音を立てて、枝が落ちる。

濡《ぬ》れ縁《えん》に腰掛け、サンダル履きの足をぶらつかせながら、膝の上にスケッチブックを抱えた槙原宙彦《まきはらそらひこ》は、日に焼けた長い腕が剪定《せんてい》バサミを操るさまをぼんやりと眺めていた。

「なあ、こっち、もちっと切った方がええか？」

大ぶりの松の木の側に立てかけた脚立《きゃたつ》の上の青年は、関西訛《なま》りの強いアクセントで問いかけてくる。しばし黒松の全容を眺め、宙彦はひらひらと手を左に振って見せながら答えた。

「いや、それより左の方」

「おーう」

不安定な足場にも体勢を崩すことはなく、指示された通りの場所をまたぱしりと切り落とす。精悍《せいかん》な顔立ちに、汗止めにとバンダナのように頭に巻いたタオルが妙に似合う青年は、しかし庭木の手入れが本職なのではない。

「ああ、せや。あんたの車、やっぱしエンジンから乗せ換えせなあかんねんて」

「じゃあ結局、ほとんど作り直しになるんだな」

「詳《くわ》しいことは店長に聞いてくれや」

軽快に枝を切り落とす彼の名は、宇多田志朗《うただしろう》という。本職は、中古車の修理や改良、販売を行うディーラーである。とはいえまだ十九歳という年齢から、彼の勤める岡島《おかじま》モーターショップでは下っ端もいいところなのだが。

「買い換えた方が早かったのかな……」

「なんやあ、今さらなこと言いなや。できれば修理したい言うたん宙彦の方やんか」

ため息混じりの呟《つぶや》きに、志朗の低いがよく通る声が返ってくる。

ひょんなことから志朗と知り合い、ガタのきていた愛車をその岡島モーターショップに預けることとなったわけだが、この青年とはショップで車の状態について話すより、今いるこの庭先で枝の手入れを手伝わせていることの方が多い気がして、宙彦は内心で首を傾《かし》げる。

一九〇センチ近い長身に伸びやかな四肢《しし》と、浅黒くきつい造りの顔立ちから、年齢よりは幾分年かさに見える。けれど、袖を捲《まく》り上げたTシャツから伸びる長い腕の引き締まり方に、若さが満ち溢れている。

もう夏も終わるというのに相変わらず日差しは厳しく、宙彦の白い肌をちりちりと焦がす。暑くないのかと志朗に訊《たず》ねると、「暑いに決まってるやん」と、しかしけろりとした表情で返される。軒下《のきした》にいる宙彦でさえうんざりするような日差しの強さだというのに、志朗はいっこうに堪《こた》えた様子もない。

宙彦がぬるい熱のたまった自分の髪を手櫛《てぐし》で梳《す》くと、細い指には甘い茶色の猫っ毛が絡《から》まる。

同じ色合いの睫毛《まつげ》は長く、瞳の色も淡くすきとおっている。繊細な輪郭《りんかく》にぎりぎりのバランスでおさまる大きな瞳、細い鼻梁《びりょう》と、肉の薄い上唇に比べ、下唇はふっくらとやわらかそうな形をしていた。

宙彦の計算されたようなシンメトリックな顔立ちは、女性的というよりも人形めいた、性の匂いのない印象がある。子供の頃にはビスクドールのようだと称された容姿は齢《よわい》二十七を迎えてもその印象を違《たが》えることなく、どこか日本人離れしていて、純和風な家屋《かおく》や庭といささかミスマッチといえなくもない。

「きみも若いのに酔狂《すいきょう》だねえ」

「あ？　なんでや」

この家はひとりで住まうには広すぎて、庭などはつい先頃までろくな手入れもできず下草は伸び放題と、ずいぶんと荒れた様になっていた。それを見つけた志朗が「あんまりだ」と、自ら庭師を買って出たのだ。心得があるわけでもないだろうに、もとより器用なのだろう、結構いい形に枝を揃《そろ》え、雑草を刈った彼の労力により、この縁側からの景観《けいかん》が今ではかなり見られるものになっている。

紅葉《もみじ》、キンモクセイ、玉柘植《たまつげ》、山茶花《さざんか》、沈丁花《じんちょうげ》。四季折々に目を楽しませるようにと、かつて祖父が丹精《たんせい》していた、二百坪の広さを持つこの場所は、失ってしまったものへの想いが強すぎて、宙彦には手入れはおろか、ろくに眺めることさえできないでいた。

古めかしい門からの飛び石の脇に咲く夾竹桃《きょうちくとう》のその美しさを愛《め》でることさえなかった。

今年はそれがことのほか見事に映るのは、なぜなのだろうか。

「せっかくの休みに、人の家の庭いじって楽しいのかい？」

感謝の気持ちはあるのだが、いったい彼がなにを思ってそこまでしてくれるのかがわからない宙彦は、それを素直に表すことができなかった。

複雑な気分のまま苦笑混じりに問いかけるが、志朗は肩をすくめて答えない。そのまま、また枝との格闘を始めてしまった彼の視線に険はなかったが、なんとなく取り残された気分になった宙彦は、いっこうにまとまらないアイデアスケッチへ鉛筆を走らせてみる。

童話作家である宙彦は、自らの著書に挿し絵も入れている。たまさかにはイラストレーターのような仕事ももらうが、もともと趣味が高じて始めた仕事であったから、気が向かない限り請け負わない。この度のこれは、それこそめずらしく「気が向いた」おかげで引き受けたものだったのだが、どうにもアイデアが散漫でまとまらないのだ。

暑さのせいかもしれない。そう考える方が気が楽だと感じて、なめらかな白い額ににじんわりと滲《にじ》んだ汗を拭《ぬぐ》った。

かざした腕の影から、眇《すが》めた瞳で眺める庭は、刺さるような真夏の白い陽光に照らされ、眩《まばゆ》いような鮮やかさで宙彦に迫る。

十年以上の間、ただ荒れるまま死んでいくばかりだった庭に、新たな息吹《いぶき》を吹き込んだのは、間違いなく志朗の存在だろう。

彼と話していると、少しだけ饒舌《じょうぜつ》になる自分に宙彦は戸惑っていた。会話が途切れて居心地が悪いという気分も恐ろしく久しぶりで、いまだに自分の感情に馴染めずにいる。

他者に対しては、どちらかといえば丁寧すぎるほど丁寧に接し、穏やかに目立たず通して来た宙彦であったのに、志朗に対してだけはむしろフランクで、物言いはある種シニカルでさえある。ともすれば、口にした台詞《せりふ》がやや皮肉にすぎると、我ながら鼻白《はなじろ》むこともある。

けれど、それらにいっこうに頓着《とんちゃく》しない志朗のこだわらなさや、あけすけな性格に引きずられている部分があるのも事実だった。

八つも年上の男を捕まえて「宙彦」呼ばわりはどうかとも思うのだが、あまりにもあっさりと呼び捨てにしてくれるものだから、いっそ怒るのも馬鹿馬鹿しい。

特に親しい友人でもないのにとは言えないままに、宙彦は内心で呟く。

志朗と宙彦は端的にいえば、ディーラーとその顧客、それだけの関係だ。

志朗には確かに気がおけない雰囲気があるものの、それは彼自身の資質からくるものであって、宙彦にだけ特にうちとけているというわけではない。

そんなふうに冷めた視線を持ちながら、それでもほぼ日参するようにしてこの場所へと通ってくる青年を、どうしてか拒めないでいる自分にも宙彦は気づいていた。家にこもって、人付き合いの煩《わずら》わしさから逃れるように生きてきたくせに。今さら人恋しいという柄《がら》でもなかろうと内心苦笑しても、違うのかと問われればおそらく答えに窮《きゅう》するだろう。

手元に置かれた木彫りの盆を引き寄せ、小さな和菓子を摘《つま》んだ。昔ながらの製法で作られる、砂糖でできた菓子は上品な味わいで、子供の頃から宙彦の好物だった。

嗜好《しこう》は変わらないのに、幼い頃のようには無邪気になれない自分を思うと、苦い笑みがそのやわらかな口角をやんわりと持ち上げる。

口に入れた和三盆《わさんぼん》の控えめな甘味を消すために、冷たい水出しの煎茶《せんちゃ》を口に含む。通いの家政婦である三好《みよし》ヤス子が淹《い》れてくれたそれは爽やかな涼味《りょうみ》をもたらしてくれる。しかしこくりと喉を鳴らしても、胸に凝《こご》る不思議な熱は冷めることはないようだ。

志朗の手によって変貌《へんぼう》を遂《と》げた庭のように、自分の中のなにかが変わるのかもしれない。拡散する意識と、揺れる気持ちを暑さのせいばかりにはできないことなど、もうわかっていることだった。

「あ、俺にもくれる？」

返事も待たずに、長い指は宙彦の持っていたグラスを取り上げ、中身を一気に飲み干してしまった。切り落とした枝葉を掃除し終えた彼は、竹箒《たけぼうき》を肩に担ぐようにしている。シャープな容貌とあまりに似合わないその姿に、宙彦も微苦笑を禁じ得ない。

「きみの分はそこにあるでしょうが」

盆の上に載った、手つかずのグラスを指さした宙彦の呆れ顔には頓着せず、暑い、とうなりながら志朗が隣に腰掛ける。

「こっちの方が旨《うま》そうやってんもん」

宙彦から奪ったグラスにそのままピッチャーから冷茶をつぎ足し、喉を鳴らしてまた一気にグラスを干した。途端にどっと噴き出した汗を、頭に巻いていたタオルで拭き取る。

「ところで三好さんは？」

冷茶と菓子を用意した彼女の姿が見えないことに気づいた志朗が、三杯目を飲み干しながら訊ねてくる。

「夕飯の買い出しに行ってるよ。きみの来る日は買い置きじゃ足りないんだそうだ」

「おー、そらすまんかったなあ」

やや皮肉げな宙彦の言葉にも、からりと笑って答える。呆れたように吐息したつもりの口元は、しかしその屈託《くったく》のなさに負けてやわらかに綻《ほころ》んでしまった。

「……本当にいいのかい？」

笑んだ表情のまま、言葉がどこかしら甘い響きになるのに気づかず、宙彦は年下の青年に問いかける。

「なにがや」

「バイト料。これだけやってもらって食事だけっていうのは気が引けるよ」

さっぱりとした庭を目線で示しながら言うと、「まだ言うてんのか」と不機嫌そうな声が返ってくる。

「言うたやろ、人の親切に値段つけるんは好かん、て」

きつい造りの顔を顰《しか》め、表情を凄ませた志朗に気持ち腰が引けながら宙彦は言い募《つの》る。

「でもそれじゃ僕の気持ちが」

「ああ、ああ、うっさいなあ、もお。俺がええて言うてんやから、ええの！」

いいざま、うっとうしげに彼は首を振る。じろりと迫力のある視線で睨《にら》まれ、宙彦は口ごもる。

「わかったよ」

「ならええ」

何度申し出ても同じ言葉を返す志朗の頑《かたく》なな返答に対し、宙彦は困ったように眉根を寄せる。

そして、目の前の彼の言うように「無償《むしょう》の好意」を素直に受け取ることのできない自分の乾いた感情を、せめて年若い青年に見せつけることだけはよそうと思った。

ストレートな志朗の存在は時折困惑を呼ぶけれど、決して不快なわけではない。他人と深く関わるのは苦手である。邪慳な態度をとって嫌われることや機嫌を損ねることは避けたかった。

いい年をして情けないことだが、ここまで自分と関わろうとしてきた人間がいなかったため、志朗に対してどうしていいのかわからないでいるのだ。

資産家であった祖父の残したものを目当てにされるのであれば、まだわかりやすいのだが。金の無心どころか正当であるといえる報酬さえ受け取ろうとしない志朗は、いったいなにが楽しくてこの庭を訪ねてくるのだろう。

(変わってるなあ、ホントに)

志朗はまだ少し難しい顔のままだ。くせのない艶《つや》やかな黒髪が汗で張りつくのを嫌って、ばさばさと指先でそれを払った。

動作の荒っぽい男らしさに反し、現れた額は形よく、そこから続く高い鼻梁までの横顔のラインは端整で硬質な美しさがある。脆弱《ぜいじゃく》さとはほど遠い精悍な面差《おもざ》しは、傲慢《ごうまん》なまでの若さと力強さに溢れ、宙彦には眩しかった。

まるで見惚《みと》れるようにぼんやりと、年下の青年を眺めていた宙彦は、その視線に気づいた志朗が振り返ってなお、熱に浮かされたような眼差《まなざ》しを外すことができなかった。黒く冴えた双眸《そうぼう》がまっすぐ射抜くように見据えてくる。

「なに？」

吸い込まれそうだ。強い光を放つ黒い瞳に魅入られながら、宙彦はそんなことを思った。自身の色素が薄い宙彦には、この強い黒は憧れでもある。

印象深く、強い、志朗そのもののような黒。

「……なあ、なに？」

声をかけてもなお自分を凝視し続ける宙彦に困り果てた様子で、彼はまだ汗の残る頬を荒っぽくタオルで拭った。宙彦の視線から逃れるようなその動きに、ようやく我に返る。

「ああ……ごめん」

不躾《ぶしつけ》な視線を向けていたことに気づけば普通はうろたえるべきであろうが、宙彦はまだどこか遠い声でゆっくりと視線を逸《そ》らしながら謝罪の言葉を述べる。

「ええけど、またぶっ飛んでたん？」

長い間他人と接触することを避けた弊害で、人馴れせず、自分の世界に沈み込むとなかなか戻ってこれない宙彦の、普通とはどこか違う感覚や行動には、いい加減慣れてしまったらしい。

「やっぱり物書きさんは変わってるんやな」

苦笑しながら許すように、志朗はそう続けた。慣れさせてしまった申し訳なさと、馴染むほどに時間を共有していることに、宙彦は不思議な気持ちになる。

じろじろと見られた不快さを表に出すでもなく、飄々《ひょうひょう》と笑った志朗の年齢に見合わぬ懐の深さややさしさは、むしろこんな時にこそ窺《うかが》える。まだまだ血の気《け》の多い、自尊心の強い年頃であろうに、彼は自分自身に関してのことでは滅多《めった》に怒ることがない。

いったいどういう生き方をしてくればこんな人間ができ上がるのだろうと、ふと胸にさした好奇心を宙彦は無理矢理押しつぶす。

いつまでもこんな時間が続くとは、端《はな》から信じていなかったせいかもしれない。容姿も性格も魅力に溢れた青年が、閉じた時間を生きることを選択した自分の側になど、そう長く留まっているとは思えなかった。

穏やかではあるがどこか白けた表情を作り、志朗を意識的に視界から追いやるように前を向くと、その志朗の手によって整えられた庭が広がっている。

そこに一筋の煙がたなびく。志朗の煙草だった。深く旨そうに煙を吸いつけた彼は、未成年と咎《とが》めるのも馬鹿馬鹿しいほどに堂に入った姿で煙草をくわえている。

「あとちっとで剪定終わるで、ほしたら今度は垣根の修理やなあ」

茶の木が続く垣根を眺めた志朗の低いなめらかな声は、ほんの少し先の未来を描く言葉を当たり前のように紡いで、紫煙と共に宙彦の前を流れていく。

さらりと吹きつけた風が肌を掠《かす》め、その意外な涼しさに、もうじきに夏も終わるのだと宙彦は感じる。壊れた垣根が直る頃には、この庭もさまざまな色に彩《いろど》られていることだろう。

色づいた庭の姿を想像しながら、そこにどうしてもこの背の高い青年の姿があることに、宙彦は内心で苦笑する。

なによりも移ろうのが人の心であることを、知らないわけでもないくせに。

志朗の吸う煙草の煙に噎《む》せなくなったのは、そういえばいつ頃だったろうか。

自嘲《じちょう》の笑みにも似たそれを、だが志朗に知られることはなぜだか怖くて、渋面《じゅうめん》を作った宙彦は苦い声で呟いてみせる。

「煙いよ」

「お、すまん」

言いながら風下の方へと移動した志朗の広い背中を眺め、視界にまつわる煙を手のひらで払った。

その仕種《しぐさ》と裏腹に、おろした手のひらは、きつい香りの煙を閉じ込めていたいと願うように、無意識に軽く握り込まれていた。

＊　　真夏日　　＊

出会いは、ともかくのぼせるように暑い日だった。

まだ六月だというのに、ただ呆然と立っているだけでも、じんわりと汗が滲み出してくるほどの暑さに、テレビのニュースは「空梅雨《からつゆ》」「真夏日」という単語を大安売りしていた。

ぎりぎりまで締め切りを引っ張った宙彦が、この日の朝ようやくあがった原稿を編集部に届けるべく、駅前の宅配受付まで車を走らせたその帰りのことだ。

寝不足と体力不足にふらふらする頭で運転したのがいけなかったのかもしれない。ともかくまずはと、荷物を送り出した後、布団のことで頭がいっぱいになっていたせいもあるだろう。

しかしこの際、原因はどうだっていい。起こってしまったことへの対処の方が、何倍も厄介なのだ。

「どうすればいいんだろう」

まるでなにかの冗談のように、中学校の正門前、縁石に乗り上げてしまったセドリックを眺め、宙彦は大きなため息をついた。しかしせめてもの救いは、案外に人通りも車の通りも多いバイパス沿いで、人にも建物にもあたらなかったことには感謝する。

最悪の事態を免《まぬが》れたことへの安堵《あんど》が去ると、目の前の車をどう処置すればいいのか、という非常に具体的な問題が宙彦に突きつけられた。

照りつける太陽が、一年のうちでもっとも地球に近い位置にいることをなにより肌が感じ取る。

立ちすくむ宙彦の傍《かたわ》らで、愛車というにもおこがましいような汚れきった車は沈黙を続ける。庭先に野ざらしで放置していたせいで塗料に妙なまだらのできた彼は、主の普段の冷たさを責めているかのようだ。

つぶれてひしゃげてしまったタイヤのせいで、まさに進退窮《きわ》まって、汗みずくで立ちすくむ哀れな青年と自動車の横を、下校する生徒たちが残酷な冷やかし笑いを浮かべて通り過ぎる。いたたまれず俯《うつむ》いたまま、宙彦はべっとりと固まった泥と油まみれの両手を眺めた。

これでも努力はしたのだ。非力ながら、縁石に乗り上がった状態だけでもなんとかしようと車を押してみたし、パンクしてしまったタイヤを換えるべく、不器用ながらいろいろといじってもみた。しかし、トランクを開けてみた宙彦は、まずそこで挫《ざ》折《せつ》しそうになった。

今日より前に、いつ動かしたのだか思い出せない古い車は、長年の放置でトランクカバーに歪《ゆが》みが生じていたらしく、雨水が入り込んでしまっていた。積んであったジャッキは当然ながら錆《さ》びついて、まともに動いてくれないし、換えのタイヤ自体もなんだか古ぼけ、水気にやられてろくろく使えそうにない。

おまけに宙彦はこの手の作業が大の不得意で、なにをどうやればタイヤの交換ができるのかをなかなか思い出せず、きつい日差しの中、スパナ片手にタイヤと格闘していたのだ。

そして、ジャッキで車体を持ち上げなければ、タイヤ交換などできないという基本的なことを宙彦が思い出したのは、戦いが始まって二十分は経った頃だった。

「なにやってるんだ、僕は」

結局当然ながら、努力の甲斐もなくタイヤは交換できず、車は傾いたままの状態だ。だらだらと流れ落ちる汗が粘つき、ブルーのシャツには濃紺の染みが広がっている。

困り果てて頭に手をやると、宙彦の少しくせのある茶色い髪はすっかり熱を持ち、手のひらが焼けるようだった。汗を含んだ長めの前髪が視界を狭くして、もうずいぶんと散髪もしていなかったとふと思う。それよりなにより、外出したのもいったいどれくらいぶりのことだろうか。

「まだ桜が咲いてたっけ？」

ひとりごちた宙彦は、うっとうしい前髪を細い静脈の透ける手の甲で払いのける。額を撫《な》でた風は生暖かく、汗ばんで不快な感触をいっそうひどくした。現れた青白い肌は、ここしばらくの不摂生を物語るように色がない。

ふと目の前が暗くなった気がして、まずいな、と思った途端に不愉快な耳鳴りが聞こえてきた。指先が冷たく感じられ、足下がふらついた。思わずボンネットに手をつくと、直射日光に温められた鉄板は手が焼けるかと思うほどに熱い。

「あちっ！」

小さく叫んで手を離すと、ふらりと身体《からだ》が揺れる。背中からそのまま倒れ込みそうになった宙彦は、あがくように空に手を差し伸べた。

「――あああ、しっかりせえよ！」

駄目だ、と思った瞬間、倒れかけた身体を力強い腕に支えられる。反射的に閉じてしまっていた瞳を恐る恐る開くと、大きな黒い瞳が真上から覗き込んでいる。

逆光と貧血に目が眩《くら》み、相手の顔はよくわからなかったが、低い声とそのシルエットから大柄な青年であることはわかる。汗みずくの冷えた身体を支える腕は暖かく、逞《たくま》しかった。

「す、すみません」

強い腕に助けを借りながら、ようやく体勢を立て直す。くらくらと目が回り眉間《みけん》を押さえると、鈍い頭痛が襲ってきた。青い顔のまま、ようよう礼の言葉を告げると、「そんなんええから」と若い男は関西訛りの強いアクセントで苦笑混じりに言った。

「それより、これ。タイヤいかれたんか？」

「あ……ええ、そうなんです。乗り上げちゃって」

宙彦の車に近づいた男へ、霞《かす》む目をこらして視線を向ける。しゃがみ込み、タイヤの具合を検分している彼の背中は広かった。黒いTシャツにジーンズを身に着けたラフな姿は、引き締まった腰と、布地越しに浮き上がる筋肉の流れを際立たせる。声音の若さと、袖から覗く二の腕の肌の張りのある感じからいって、まだ十代か、二十代前半だろうと見当がついた。

(最近のヒトはスタイルがいいなあ……)

宙彦は、彼の折り曲がった膝の角度とすねの長さをぼんやり眺めながら、内心で年寄りじみた言葉を吐いた。

大柄な割に敏捷《びんしょう》そうな彼は、印象に違わず軽い動作で立ち上がり、くるりと宙彦に振り返った。宙彦より頭一つは大きく、その背の高さにまず気圧《けお》される。

(なんか……怖そう)

きつい造りの青年の顔立ちに、宙彦は小さく息を呑んだ。

シャープな輪郭にバランスよく配置された切れ長の瞳は鋭く、高い鼻梁と引き結ばれた唇は、意志の強さを表している。さらりと風に揺れたくせのない髪は、今時めずらしいほどに黒かったが、軽薄さがないだけにより硬質な迫力が増している。自分の持つ力の使い方を、十二分に知った上で抑え込んでいるような、そんな雰囲気のある青年だと宙彦は思った。

もしかすると少々苦手な人種かもしれないと、気持ちの分だけ後ずさった宙彦の耳に、啞然とした声が聞こえた。

「ちょっとひどいな、これ」

その大きな手には、錆びつき使い物にならなくなったジャッキがぶら下がっている。呆れたような声音に、宙彦は恥ずかしさを覚えた。手入れの悪い車を一瞥《いちべつ》する彼の眼差しには特に含むものもないようだったが、路上に停められた彼の4WDは、そういうものに疎《うと》い宙彦にも結構なものだとわかる。その横にある自分の車のあまりのみすぼらしさに、譬《たと》えるならば散らかった部屋を見つかったような、妙な気まずさがあった。

「どっちにしろ、このまんまじゃあかんしな」

ふむ、と吐息した彼はそう呟き、自分の車の方へとその長い脚を向ける。ややあって戻ってきた彼の手には、新品のジャッキと工具箱があった。

「あんたのジャッキもういかれてるやろ。これ使《つこ》うて、ともかくタイヤ換えようや」

「あ……ええと、はい」

顎《あご》をしゃくって促した彼に、おたおたしながら宙彦は続いた。だが、見るからに非力そうな宙彦の体格に、もとより手伝いは期待していなかったのか、さかさかと作業を始めてしまう。

「うわ、六角もあかんやん、これ」

外そうと思ったビスも錆びついて、油をさそうとなにをしようと頑なに男の手を拒んでいる。しゃあない、と彼は長く力強そうな脚をスパナにかけ、思い切り踏みつけるという行為に出た。

ずいぶんと乱暴な所作《しょさ》に思えたが、実際それ以外にやりようもない。ぼんやりと眺めていると、額から汗を垂らした彼が「おいおい」と振り向いた。

「なにしてんねん。あんたも手伝えや」

呆れたように言いながらも、特に怒ったようにも聞こえない。近寄ると、これを持っててくれと外したビスを渡された。諾々《だくだく》とそれに従いながら、こんなふうに他人の体温を感じるほど近づくことなど、どれくらい久しぶりだろうと思う。

てきぱきと作業を進める男の傍らにしゃがみ込んだまま、宙彦はぼんやりと目の前の広い背中を眺めていた。

炎天下、ぬるい風が吹き、背中がじりじりと焦げるようだ。身体は相変わらずつらかったが、先ほどまでの胸苦しいような焦りがない分、楽な気がした。

他人の存在にも突然のアクシデントにも弱いはずの自分が、名前さえ知らない男に覚えたものは、確かな安心感だった。

そして、一時間ほど経過した頃、ようやくタイヤの交換を終えたふたりは肩で息をついた。といっても、ほとんどの作業に宙彦は関知せず、時折言われるままに工具を受け渡していただけだったが。

「あの……ありがとうございました」

乗り上げていた縁石からも無事に降ろすことができ、深々と宙彦は頭を下げた。

「ええて。それより、この車もうどっちにしろあかんで。ちゃんと修理せな、近いうちほんとにオシャカや」

汚れた手をタオルで拭きながら、苦笑混じりに彼は言う。

「ものはついでやから、このまんまついてくるか？」

「え？」

申し出にきょとん、とした表情の宙彦を眺め下ろし、ポケットを探った彼は名刺を取り出した。

「……岡島モーターショップ、宇多田志朗？」

「中古車の修理改良と、販売やっとります。いきなりの営業であれやけど、怪しいとこちゃうで」

かかか、と笑った口元には健康そうな歯並びが覗き、険のある顔立ちに不似合いなほど、志朗の笑った表情は幼げだった。

つられたように、宙彦の唇もやわらかに綻びる。その場を繕うためでもなく、相手に合わせるわけでもなく、自然に浮き上がった微笑だった。

「宇多田、さん。……じゃあ、お世話になります。槇原宙彦です。すいません、あいにく名刺とかなくて」

久方ぶりの自然な笑みに、身体の不快さがふっと遠のく。名刺をとりあえずポケットにしまいながら、宙彦も笑み含んだ声のまま名を告げた。

「……あ」

その表情に、なぜか志朗は驚いたように目を瞠《みは》る。訝しんだ宙彦が目線で問いかけたのとほぼ同時に、志朗の腰の辺りから軽快な電子音が聞こえてきた。

「はい宇多田……あ、店長」

尻ポケットから携帯電話を取り出した志朗は、しまった、という顔をする。

「は、すんませんちょっと事故で――いや、俺やないですっ！」

会話の内容は聞き取れるわけもなかったが、焦った表情と志朗の言葉の端々から察するに、どうやら彼の乗っている車は志朗の持ち物ではなく、店の客のものであるらしかった。

送話口から割れた音が漏れ聞こえるのに至り、宙彦は自分のせいで彼が怒られているのだと悟り、申し訳ないと目顔《めがお》で謝罪する。その表情に気づいた志朗は、気にするなと言うように苦笑しながら手を振ってみせた。その瞬間、今度は宙彦にさえ聞き取れるほどの大声で店長が怒鳴りつけてくる。

『聞いてんのか、志朗ーっ！』

「はいはいっ、十分で着きますっ！　はい！」

まだなにかわめいていたらしいが、志朗はそう怒鳴り返すと強引に通話をオフにしてしまった。

「あの……申し訳ない、僕のせいですよね？」

眉根を寄せた宙彦の言葉に、「ええて」と志朗はまた大きな手のひらをひらひらさせる。

「それよか、急がななららんから、後ろついてきてや」

「あ……あ、はい」

言いながら車に乗り込む志朗に、慌てて宙彦も続く。すると、エンジンをふかした車のウインドウからひょっこりと顔を出した志朗が、「あんなあ」と声をかけてきた。

「身体きつかったらクラクション鳴らすでもなんでもして教えてや、あんたエライ顔色悪いで」

「……わかりました。でも多分、大丈夫ですから」

見た目に反して細やかな気遣いをする志朗に驚きながら、宙彦は頷く。正直、貧血を起こしかけたまま休む間もなく、水分すら補給していない身体は限界にきている。それでも、今の志朗の言葉にずいぶんと励まされた気分になった。

（地獄に仏、ってやつかな）

そして、先を行く４ＷＤを見失わないようにと、熱気のこもった車内で緊張のため息をついたのだった。

＊　残照　＊

どこの町でもそうだが、バイパス沿いには沢山のカーショップがある。安売りの中古車販売から、メーカー直営のショップ。いずれも市街地から少し離れた場所に、大型のホームセンターや紳士服販売店と共に道なりに並んでいるのが定石《じょうせき》だ。

派手な色ののぼりや大きな看板が目につくのは宣伝のためであろうが、それだけにひどく田舎っぽい感じが拭えない。だが、実際、車などという大きなものを扱うには店舗の敷地も広くなくてはならず、また、排気ガスや騒音の苦情を避けるためにも自《おの》ずから地価の安い場所に店を構えることになるのだ。

ご多分に洩れず、岡島モーターショップも私鉄の高架下を抜けた直線道路の中程にあった。敷地内の駐車場にずらりと並んだアメ車の間をすり抜けると、行き当たりの奥まった場所にコンビニエンスストアほどの店がある。外観はほぼ長方形に近く、飾り気のないそれに店名の看板が掲げられ、入り口側の全面ガラス張りの窓越しにディスプレイされたタイヤが覗いていた。

横手にはガレージのような造りの修理工場があり、数人の若者が揃いのツナギを着て油まみれの作業を行っている。

「うーっす、戻りました」

気づいたひとりに軽く頭を下げた志朗は、長い脚に似合いの早い歩みで店へと入っていく。これも全面ガラスの内開きのドアを開くと、ひやりとしたクーラーの冷気が身体を包む。ガソリンの臭いにやられたのか、車を降りてなお顔色をなくし、よろよろとする宙彦を促して接客用のカウンターにある丈の低い椅子に腰掛けさせた。

宙彦の顔色は蒼白で、下手をすると熱射病にやられているかもしれないと志朗は思う。

「大丈夫か？　ちっと待っててな」

声をかけても、のろのろと頷くだけで返事もなかった。

志朗が通りかかるまで、炎天下の作業をしていたであろう彼はかなりグロッキーな様子だ。体力が取り柄の志朗ですら腐りそうな陽気は厳しく、お世辞にも丈夫そうには見えない宙彦にはずいぶんと堪えたことだろう。

ともあれ納車を先に済ませないことには、と志朗は声を張り上げる。

「岡島さん、平井《ひらい》さんの納車分着きました。それとお客さん！」

店長である岡島聖司《さとし》は、その声に呼ばれて顔を見せた。岡島の現れた店の奥にはカー用品などの備品や機材が並んでいる。そのほかにはカラフルなTシャツや、ロゴの入った作業着が吊るされている。ディスプレイのためだけではなく、気の向いた客には販売もしている。志朗が今着ているシャツも、ここのものだ。

横手にある工場に顔を出していたのか、岡島は作業ツナギのままだった。志朗よりも背丈は幾分低かったが、硬そうな髪を短く刈った男らしい風貌は、若々しくみえながらも重厚な雰囲気を持っている。

「おせえんだよ、ったく……」

「すいません、ちょっとアクシデントで」

軽く頭を下げた志朗の後頭部へ、ぱしんと一つ手のひらをくれた岡島は「いいけどよ」と渋面のまま言った。

「客って……ああ、こちら。どうも……大丈夫ですか？」

「あ……すいません……」

ぐったりと椅子にかけたままの宙彦が、のろのろと顔を上げる。血の気のないその顔を見て、岡島はふと眉を顰《ひそ》める。

「具合悪いのか……」

「暑さにやられたみたいで」

宙彦の乾いた唇の色味に危機感を覚え、志朗は「ちょっとすんません」と言い置いてきびすを返した。戸外にある自販機でスポーツ飲料を買い、もう一度店に戻ると、病人には声をかけづらいのか、強面《こわもて》ながら普段は愛想のいい岡島も困ったような表情で口を噤《つぐ》んだままだ。

「これ、飲んで。しばらくゆっくりしとってええから」

目顔で「大丈夫か」と問いかけてくる岡島に頷いて見せながら、声をかける。意識もあまりはっきりしないようで、ずいぶんとのろい動作で宙彦はそれを受け取ろうとしたが、手元がどうにも危なっかしい。プルトップを開けてやり、僅《わず》かに震えるそれに手を添えた。

飲むように促すつもりの動作だったが、その冷たさにぎくりとする。先ほどのタイヤ交換の際にも思ったことだが、宙彦の細い指は、男のものとも思えないほどにやわらかく、白かった。

「え……と、店長、こちら槙原さん。で、乗ってきた車の修理せなあかんと思うんですけど、外にあるから見てもらえますか？　槙原さん、キイ貸してもらえます？」

指の感触になぜか胸が騒いだ自分を訝しみながら車のキイを受け取り、志朗はろくに口もきけない宙彦の代わりに岡島へと向き直った。

手短に先ほどまでの経緯《いきさつ》を話すと、まずは車の状態を見ることになった。しばらく休んでいるように宙彦に言い置き、ふたりは駐車場へと向かう。

「日射病か？　槙原さん……ってこりゃ、ひでえな……よく動いたもんだ」

宙彦のセドリックを前にした岡島は、ボンネットを開けるまでもなく、苦い声でそう呟いた。それは恐ろしく古い型のもので、「なかなかお目にかかれねえぞ」と岡島も苦笑する。

今時、給油口を開くのにいちいち鍵を使わなければならないタイプもないだろうと言う岡島に、まだらな塗料を指で辿《たど》る志朗もなんとも言えない表情で唇を歪めた。

「俺が通りがかった時には、もうパンクしてからずいぶん経っとったみたいやから……病院行くように言った方がええんじゃないです？」

「まあそりゃ本人に聞いてみねえと……おーい、坂田《さかた》ぁ！　これそっちに移動させてくれ！」

いっそ買い換えた方がいいほどのポンコツではあったが、それでも車というものには持ち主それぞれの思い入れもある。そういうオーナーたちのためにでき得る限りのメンテナンスを行うのが、志朗や岡島らの仕事でもあるのだ。

一通り検分し終わると、岡島は工場の方へと声を張り上げる。呼ばれた青年は小走りに近寄って、岡島の指示に従った。

「一通り見たけど、ほとんど駄目だな。まあ、一応中の状態確認してくれ」

「はい。えーと、すぐ代車出しますか？」

「いや……本人さん、あれじゃあ運転できないだろうよ。じゃ、頼む」

ぐったりとなっていた宙彦を思い出したのか、坂田の乗り込んだポンコツを見るともなしに眺めると、よれた煙草に火をつけた岡島は、苦笑に似た表情を浮かべた。

「志朗、槇原さん帰りどうするか聞いてこい。あんばいよくねえようなら、おまえ、送ってってやりな。おまえのバイクは置いてきゃいいだろ。営業車使っていいから」

「……え？　俺が？」

サービスにしてはいきすぎな岡島の提案に、志朗は驚いた声を上げる。

「だっておまえ、あれでタクシーに乗せたって、ひとりで家に戻れるかわかんねえだろうがよ。倒れられでもすりゃ、後味悪いじゃねえか。なんならそのまま直帰して構わねえから、送ってやれ」

ぽん、と肩を叩かれ、志朗はどこか腑に落ちないものを感じながらも、上司の命令に頷くほかない。また、通常の終業時間までまだ三時間を残すところでの直帰はかなり魅力でもある。

「じゃ、そうさせてもらいます。あ、預り証どうしますか？　アレじゃ書類書けるかどうか……」

「一応書けるようなら書いてもらって、駄目なら電話番号だけ聞いておけ」

志朗の返事に軽く顎をしゃくって頷いた岡島は、「よろしくな」と、呟いた。その声音にやはり引っかかるものを覚えつつも、志朗は黙ってその場を後にした。


「槇原さん？……まだ、あかんかな」

店内に戻ると、椅子にかけたままの宙彦はやはりまだ顔色が悪かった。声をかければ蚊の鳴くような声で返事はするものの、確かにこれはひとりで帰すにはあまりに頼りないと、志朗は吐息をつく。

「車なあ、預かって調べてみんとあかんねん。で、一応書類書いてもらう決まりになってんやけど……書けるか？　印鑑なければ、また今度でかまへんで」

差し出した書類に、宙彦は頷いてペンを取る。やや震えてはいるが、きっちりとした美しい文字が綴《つづ》られる手元を志朗は黙って見守った。

もとより敬語が苦手なせいもあるが、客相手にずいぶんとぞんざいな口のきき方になっていると志朗は自分に苦笑する。出会い頭のうろたえた表情が頭にこびりついているせいだろうか、よくよく見れば自分よりもかなり年上だとわかる宙彦に、しかし今さら言葉をあらためようとは思えなかった。

書き終えたそれを受け取り、「確かに」とデスクのファイルに収めた後、宙彦を振り返った。

「ほな、送ってくから、ともあれ立ってくれるか？　あんまりあかんようなら病院に寄るけど……」

「いや……そこまでしなくても平気だから……すみません」

ふらりと立ち上がった宙彦は、思わず差し伸べた志朗の手をやんわりとした仕種で、だがはっきりと拒んだ。それは存外に強い意志を示す態度で、志朗は驚きを隠せない。

「タクシー、この辺で拾えますか？」

真っ青な顔でぎこちなく微笑《ほほえ》まれ、志朗は思わず渋面を作る。

一見細面《ほそおもて》の優男《やさおとこ》だが、強情な面もあるらしい宙彦をどうしたものかと思うが、岡島にも頼まれていることだし、とひとり決め、肉の薄い腕を強引に取る。二の腕を摑《つか》んでいるというのに指の先が余るほどの細さは、苛立つような焦れた気分を志朗に覚えさせた。

こんなに細くて、青い顔をして、なにが平気だというのだろうか。本当に自分の状態があまりわかっていないらしい細い面差しを横目に睨《ね》めつけると、志朗の視線の強さに呑まれたように彼は口を噤む。

自分の身体の管理もろくにできない輩《やから》が、志朗は好きではなかった。自愛の気持ちが薄いそれは、とりもなおさず物事への頓着のなさに繫《つな》がることを、若いながらも彼は知っていたからだ。

「ちょっと、きみ……！」

「この辺でのんびり止まってくれるタクシーなんかあれへんて。ほな、行きましょか」

抗議の声を無視したまま、さっさと歩き出す志朗に引きずられる宙彦は、やはり足下が危うい。強引な志朗に気分を害したような横顔は冷たく整って、確かに妙齢の青年のものでもあるが、その表情は田舎に残してきた妹がふてくされた時のそれと似ていなくもない。

（これやからおせっかいって言われるんやなあ）

長男気質の悪いくせがまた始まったと、内心では己に呆れつつ、放っておけるものか、と強く感じて、細すぎる腕を摑む指に、いっそうの力を込めたのだった。


営業用のスカイラインに乗り込むまで、どこか頑なだった宙彦は、走り出して五分もしないうちに身じろぐことさえ億劫《おっくう》そうな様子で、目を閉じてしまった。助手席の背もたれを倒し、そこにもたれたままの細い身体は、呼吸をしていることさえ信じられないほど肉の匂いが薄い。

道の確認のために、一言二言会話を交わす以外には声をかけることさえためらわれ、志朗は無言のまま運転に専念する。

盗み見るように横目に窺う宙彦の顔は、あらためて見れば見るほど恐ろしく整っている。体調の悪さもあるだろうが、言葉を交わした時のあの茫洋《ぼうよう》とした印象が嘘のようだ。

目元を覆うほどの淡い色の髪は、ろくに手入れもされていないとすぐにわかる野暮ったさであるが、それを梳き上げてしまえば秀でたなめらかな額と、彫りの深い人形めいた造りの顔立ちが現れる。

宙彦自身がわざと目立たないようにしているのではないかと、ふとそんな疑念が過《よぎ》る。それほどに、無防備な寝顔は血の気のなさを補って余りあるほどに鮮やかだった。

（しかし、年のわからん顔してるよな）

預り証に記入された年齢は二十七歳とあったが、近い距離で見る顔立ちは幼いようにも、ひどく年かさのようにも見える。

信号待ちの間、思わずしげしげと眺めていると、視線を感じたのかぱちりと目を開く。

予兆もなく開かれた大きな瞳はきれいなはしばみ色で、真っ向から視線が絡み合うのに臆するよりも、志朗は魅入られてしまった。染み一つない青白い肌は透明で肌理《きめ》細かい。疲労のせいか、目が赤らんでいる。向かって右のその目尻に小さな泣き黒子《ぼくろ》があり、やけになまめいて映る。

「……なにか？」

宙彦の発した戸惑ったような声音は掠れていて気怠《けだる》げだった。吐息混じりのそれはどこかしどけなく、志朗は背中がざわつくような居心地の悪さを味わう羽目になる。

「いや……なんでもない。寝とってええで」

慌てて視線を外すと、ちょうど信号が変わった。「そう」と素っ気なく呟いた宙彦がまた眠りに入るのを視界の端に留めながら、なにをこんなに意識しているのかと、緊張を覚える肩の辺りから力を抜くように志朗は努めた。

なんだか、厄介なことになりそうな気がする。

淡く透明な色合い。宙彦の瞳の残像が瞼《まぶた》を離れないことに、わけもなくそう感じて、志朗は強くアクセルを踏み込んだ。

ほとんど意識のない宙彦は当てにできず、番地を頼りに辿り着いた槙原の家は、志朗が今まで見たことのないような「お屋敷」だった。道に迷ったせいでずいぶんと遠回りをしてしまい、車を停める頃にはすっかり辺りは薄紫の翳《かげ》りを帯びていた。結局早上がりの意味がなかったと、志朗は内心舌打ちをする。

夕闇の中でもどっしりとその存在感を知らしめる、屋根のついた木戸のある門の構えだけでも腰が引けたが、純和風の造りの本宅と離れ、そして飛び石のある庭ときた日には、思わず顎が下がってしまう。

東京《とうきょう》都下の郊外とはいえ、この辺りの地価もそう安いものではないだろう。維持費だけでも相当なものだろうなと、市営住宅の団地住まいだった志朗は目を丸くした。そして、宙彦のどこか生活の匂いのしない、浮き世離れした雰囲気の所以《ゆえん》にようやく合点がいく。

「はあー……ほんまもんのお坊ちゃんやったんやなあ……」

その「お坊ちゃん」は、呆れたような感心したような声を漏らした青年の肩を借りながら、ぐったりとなったままだ。駐車場らしきものはなく、大仰《おおぎょう》な門から乗り入れた車は庭先の玉砂利が敷き詰められた場所に停めたのだが、そこから目と鼻の先の玄関にまでも歩いていけそうにないほど、宙彦の具合は悪化していた。脇から手を入れ腰を抱くようにして支えてやって、どうにか立っているのが精一杯の宙彦の身体は恐ろしく熱い。

「……っと、留守か？」

熱を出しているのは訊《き》くまでもなく、ともかく家人に引き渡そうと玄関のブザーを押すが、返事はない。訝った志朗がひとりごちると、宙彦が掠れきった声で呟いた。

「誰もいない……すまないけど、鍵、これ……」

「ああ、出かけてんのか？　家の人」

細い指から受け取った鍵で引き戸を開けながら訊ねると、「いや」と小さな声が返ってくる。

「ひとりなんだ、もともと……」

「え？」

(このだだっ広い家に……？)

志朗の驚きになんのリアクションも見せない宙彦は、存外にはっきりした声で続ける。

「迷惑ついでですまないけど、部屋まで肩を貸してくれないか？　後は適当にするから……」

「適当にって……誰もおらへんのやろ？　大丈夫なんか？」

不安を口にした志朗に、しかし宙彦は戸惑ったように口を噤み、一瞬の後に「慣れてる」と張りついたような笑みを浮かべて見せた。

それは先ほど、差し伸べた手を拒んだ時と同じ種類の表情で、やはり志朗は嫌な気分を味わった。

確かに知り合ったばかりの他人同然の男だ。それもいい加減大人と呼ばれて差し支えない年齢の。心配してやる義理もなく、実際宙彦の言ったようにここまで面倒を見てやったこと自体破格の「迷惑」であるといえる。

けれど、どこかその表情と言葉に嘘を感じて、嫌な苛立ちを志朗に覚えさせた。

「部屋、どこや？」

恐ろしく軽い身体を揺すって支え直し、訊ねた声は少しばかり尖りを帯びる。それに気づいたようだが黙殺したかのように、宙彦も端的に「廊下の角から二つ目」と答えた。

宙彦の部屋は十五畳ばかりの広さで、和室を洋間に作り替えたと知れる造りになっていた。壁紙の色は品がよかったが、かつては襖《ふすま》がはまっていたのだろう透かし彫りの入った欄間《らんま》や、柱の造りとは今ひとつ嚙《か》み合わない印象があった。

籐《とう》で編まれた背もたれのあるベッドも年代物で、華奢《きゃしゃ》な身体をそこに座らせると、彼は力尽きたように横たわる。

「お手伝いの人とかおるんやろ？　今日はもう来《け》えへんの？」

飴色《あめいろ》に磨かれた廊下の板目は美しく、埃《ほこり》一つ落ちていない。完璧な仕事ぶりから通いの家政婦でもいるのだろうと、志朗は推し量《おしはか》った。

「三好さんは今日は休みなんだ。原稿を出して寝るだけだから、明後日まで来なくていいって……」

くぐもった声で宙彦が言った「三好さん」というのが手伝いの女性なのであろう。とするとこの恐ろしく頼りない病人の世話をするものは、明後日までは誰もいないということか。

自ずと割り当てられた役割に、志朗は深く嘆息《たんそく》する。直帰していいなどと甘い言葉を吐いた岡島を恨みつつも、ここで放って帰れる性分であるならば、もとよりこの男と知り合ってもいないだろう。

「台所、どこ？」

吐息混じりに言うと、億劫そうに瞳を開く。なぜだ、と目顔で問われ、志朗は軽く肩をすくめた。

「置き薬飲むにしても、メシ、食わなあかんやろ。あと氷枕とかもいるやろうし」

「そこまでしなくても……もういいから、きみは帰って構わないよ、本当にすまなかったね」

志朗の申し出にひどく驚いた表情を浮かべた宙彦は、その幼いような色合いをすぐに収め、またやんわりとした微笑を浮かべた。もう何度も目にしたその笑みが、決して彼の本心からではないものだと志朗は悟り、いらいらと眉間に皺を寄せた。

「いろいろとありがとう、本当に助かった。またあらためてお礼に伺います」

丁寧な口調に、こういうのを慇懃無礼というのだろうと志朗は感じる。宙彦の言葉は礼を尽くしているようでいて、どこかしら冷たく不愉快だった。

彼はもっとやわらかな表情を持っているはずだ。少なくとも志朗の名を初めて知らされた瞬間には、こんな嫌な笑い方はしていなかったはずなのに。

「礼やらどうでもええから、台所どこや？　答えへんなら適当に探すで」

「本当に、いいんだって……」

困り果てたような宙彦が起き上がろうとするのを目で制し、「とにかく着替えて、寝ろ」と告げる。

「これ以上迷惑かけられないよ」

「今さらやろ。ここまできたら迷惑もなんもあるかい。おせっかいかもしれんが、様子見さしてもらうで」

戸惑う表情の宙彦としばし目線を絡めた後、強いそれに負けたのは宙彦の方だった。諦めたように吐息をついた彼の返事も待たず、志朗は部屋を後にする。

背後でぱさりと衣擦《きぬず》れの音がして、それが宙彦のシャツを脱ぎ捨てた音だと思うと、妙に落ち着かない気分になった。

「なにやってんねやろ、俺」

思わず呟いてしまったのは、意固地になった自分を省みてのことだ。宙彦の言うように、あそこで志朗が引いたところで、なんの問題もないことだ。むしろ、家まで送り届けてやった時点でサービス過剰といえるだろう。

「けどなあ……」

薄暗い廊下に出ると、冷房も入っていないのにひんやりと涼しい。しんと静まった広い家は人の気配が希薄で、薄ら寒いものさえ感じてしまう。

広い居間の横を通り、自分の家はこのくらいの広さであった気がすると志朗は思う。狭い団地の中、決して仲がよいとはいえない両親と、妹と自分がいたあのやかましい空間は、けれどここまで寒々しいものではなかった。ガラにもなく感傷的な気分を味わう。小さく軋《きし》む板張りの廊下が、やけに冷たく感じた。

そんなふうにしんみりと、同情と切なさを覚えながらも、どこかしら浮《うわ》ついている自分を志朗は知っていた。

あの細い肩を支えた時の頼りない感触に、なぜだか胸が騒いでいる。触れて思わずぎょっとするほど宙彦は細く、肉の薄い身体をしていた。

汗の浮いた首筋は肌理細かくなめらかで、白かった。外に出ている部分があれなのだから、きっと衣服の下の肌の色は青いほどに白いんだろう。

「ナニ考えてんねんな」

耳について仕方なかった衣擦れの音を振り払うように、自分の手で頬を張って、自らに突っ込みを入れる。

いくらきれいであろうが細かろうが、相手は一応男なわけだから。

血迷うな、と呟きながらも、実際目にしなかっただけに想像で膨れ上がった宙彦の肌の色合いが、どうにも頭を離れなかった。

＊　食卓　＊

泥のような眠りから目覚めた宙彦は、そこが自室のベッドの上であることを確認した後、深く大きな息をついた。まだ熱のこもる手足は重く痺れ、重力に引かれるままに血が下がっているのを感じる。当然ながら愉快な気分ではなく、きつく眉を顰めたままのそりと上体を起こした。

途端、ぱさりと音を立てて掛布の上に落ちたのは、生乾きのタオルだった。

（あれ？）

生汗《なまあせ》に湿った服をどうにか着替えたところまでは覚えているが、その後の記憶がまったくない。こんなものを用意した覚えはないのだが、と訝しみながら手に取ると、熱を吸ったそれは温まっている。足下に目をやると、氷水を張った洗面器があった。

（三好さんかな……それとも）

まさか、と思いつつのろのろと廊下に面した引き戸に目をやると、計ったようなタイミングでからりとそれが開けられる。

「あ、目ェ覚めたん？　メシ、できたで」

廊下の灯りが逆光になり、顔を判別することはできなかったが、大柄なシルエットと低いが飄々《ひょうひょう》とした声音で、それが志朗であることはすぐにわかった。

「帰らなかったの？」

寝起きのくぐもった声で問いかけると、「勝手にするて言うたやろ」と彼は笑みを含んだ声で言った。

「まあともかく、起きれるようならメシにしようや。あ、冷蔵庫の中のもん使わしてもろたけど、堪忍な」

「いや……それは構わないけど」

「あそ。ほんなら、冷める前に食いに来て」

そういう問題ではなく、と宙彦が言葉に窮していると、てらいのない声で志朗は言う。

「それと、もう寝間着替えたがええんちゃう？　ずいぶんと汗かいてたから」

「あ……うん、そうするよ……」

まだいささか状況が呑み込めないまま、ペースに巻き込まれるように頷いた宙彦に、彼は静かに笑んで戸を閉めた。

「……なにがどうなってるんだ？」

思わず呟いてみるものの、答えるものは当然いない。ほかにどうしようもなく、言われた通りに着替えを始めると、生乾きのタオルが目に入る。これも志朗が当ててくれたのだろうと思えば、妙な気まずさを感じてしまう。

そういえば浅い眠りの中、不愉快な火照《ほて》りを訴える頬を幾度か乾いた手のひらに宥《なだ》められたような記憶がある。あれも志朗であるのはこの際わかりきったことで、どうにもいたたまれない気分になる。

今日出会ったばかりの人間を家に入れた危機感より、つくづくとみっともない場面ばかりを見られている羞恥の方が先に立つ。その辺り、宙彦がよくも悪くも「お坊ちゃん」であるということの証拠だが、本人にはまったくその自覚がなかった。


あり合わせで作ったという割には、テーブルに並べられた料理は立派なものだった。

「病人にいいもんやらよくわからんから、できるもん作らしてもろたわ。見場《みば》は悪いけど味はまあまあのつもりや。ま、食うてみて。腹減ってもうたから、俺もついでによばれるけど、ええよな？」

「あ、それは、もちろんどうぞ。……じゃあ、いただきます」

どちらが客かわからないような会話であるが、食欲をそそられるスープの温かな湯気と匂いにつられ、器によそわれたそれに手をつける。

手羽元とタマネギを煮込んだ中華風のスープはしつこすぎず、疲れた身体にもやさしく滲《し》みていく。箸で摘んだ鶏肉はほろりと骨からはずれるほどにやわらかく、消化にもよさそうだった。卵焼きは甘く、中が半熟の薄焼き具合で、口に入れるとはらりとほどける。

品数は少なかったが、目の前の青年が作ったそれらはどれも宙彦の口によく合った。しばらく空腹を満たすために黙々と料理を口に運んでいた宙彦だったが、自分の数倍のスピードで箸を動かす志朗をちらりと見やると、小さく吐息をついて箸を置く。

「どないしたん？」

気づいた志朗は飯粒を咀嚼《そしゃく》しながら訊ねてくる。一連の動作は行儀がいいとは言いがたいが、健康的な食べっぷりは見ていて気分もよい。知らず苦笑しながらも、宙彦は軽く頭を下げた。

「こんなことまでしてもらって、本当に……なんて言っていいのか」

「ん、や、別に。俺が勝手にしたことやし」

「でも助かった。ありがとう」

真摯《しんし》な声に照れくさくなったのか、こちらも箸を置いた志朗がかりかりと頬を掻きながら口ごもる。大人びているようでいて、そんな表情を浮かべる辺り、まだ若いのだなと微笑ましく宙彦は見守った。

「なあ、訊いてもええ？　仕事て、なにしてるん？　原稿とかさっき言うてたけど」

照れ隠しのように早口で言いながら、また茶碗を手に取った。志朗の健啖家《けんたんか》ぶりを見ているだけで腹にたまって、宙彦は茶を淹れるべく立ち上がる。

「半失業状態の文筆業、かな」

ポットの置いてある流しに近づくと、そこもきれいなものだった。昨今はやりの男の料理だが、作るだけで片づけはてんで、という輩《やから》の多い中、志朗の家事能力は付け焼き刃のものではないときちんと整頓された洗い場が物語る。

「なんやよけいわからんねんけど」

はぐらかされたのかと目を丸くする志朗に、少しばかり気恥ずかしさを覚えながら宙彦は白状する。

「童話をね、書いてるんだよ。挿し絵も自分で。たまにイラストの仕事も請けるけど」

絵に描いたような凛々しい青年に、どこか甘ったるい響きのする生業《なりわい》を小馬鹿にされまいかと思ったのだが、それは杞憂《きゆう》にすぎなかった。

「へえ、作家さんか。凄いねんなあ!……あ、ども」

大ぶりの湯飲みを手渡すと、軽く頭を下げて受け取る彼は、見た目のきつさに反してずいぶんと素直な反応を見せる。「売れない、が頭につくけどね」と苦笑しながらも、悪い気分ではなかった。

しかし、続いた志朗の言葉に、宙彦は僅かに表情を硬くする。

「けど、こんな家に住めるんやから、やっぱり大したもんやん」

悪気のない志朗の言葉が、胸の端に引っかかり、思うよりも先に言葉が口をついて出ていく。

「それは僕の稼ぎとはあまり関係ないところで賄《まかな》われてるから。亡くなった祖父がいろいろと残してくれたものでね、なにもしなくても食べてはいける」

自分でも露悪的にすぎると感じる声音がぼろぼろと零れ出るのを、なぜか宙彦は止めることができなかった。

「亡くなったって……」

男らしい眉を寄せた志朗の表情をまっすぐに見られず、目線を逸らしたまま宙彦は続けた。

「事故でね、父も母も。十三年前に、いっぺんに。だから、この家には僕ひとりってわけだ」

笑んだ形に自分の唇が歪んでいて、鏡を見なくともそれがどんなに嫌な表情かわかってしまう。

「ふうん」

俯き、黙り込んだ宙彦の横顔を眺めた志朗は、気のない声を出した。その声音が呆れているようにも、関心がないようにも聞こえて、ますます宙彦は顔が上げられない。

（なにもこんなことまで言わなくってよかったんだ……）

家庭の事情絡みの重苦しい話題を嫌う人間は多い。相手への関心の度合いと比例もするが、たいていの場合には上滑りな同情の言葉か、優越感たっぷりの慰めか、ひどい場合にはあからさまな拒絶が返ってくるのがオチだ。

散々に味わってきたはずの苦い経験を忘れたかのように口を滑らせた自分を、宙彦は自嘲する。

先ほどまでのぎこちなさとはまた違う種類の気まずさが食卓に漂い、宙彦は失敗したなと感じる。なにもこんな話をすることはなかったのだと、喋りすぎた後に感じる嫌な胸騒ぎを誤魔化すように、淹れたばかりの煎茶に口をつけた。

（やっぱり僕は、うまくないいな）

人付き合いの煩わしさを思い知るのはこんな瞬間だ。会話のキャッチボールに慣れていない自分は、踏み込む領域の境目をすぐに見失ってしまう。グレイゾーンに留めることができず、全てを突き放すか、さらけ出すしかやり方を知らない。

目の前にある食卓の光景が、やけに遠い。十三年前、交通事故で家族を失って以来、ろくに親しい友人も作らずに来た宙彦には、仕事の付き合いや法事以外で夕餉《ゆうげ》の席を誰かと共にすることなど、ほとんどなかった。

複雑に絡み合ったさまざまな事柄が、人と接することの少ない今の環境を作り上げたわけだが、不器用にすぎる宙彦の性格が他人を遠ざけていることも知っている。

いっそひとりでいる方が楽だと感じてしまう自身のどこか排他的な性質も、決していいものではないと感じていても、あえてあらためようとも思わなかった。そんな機会もなかったからだ。

久しぶりに肌で感じる感情の揺らぎは生々しく、重い。それでももう出してしまった言葉は戻らないし、間が空いた分だけ取り繕うのも難しい。

せめて、不愉快な気分にさせたらすまなかった、とそれだけでも告げようと顔を上げると、志朗が最後の一口を口の中に放り込むところだった。無心な表情に、言いかけた言葉はだらしなく喉奥に引っ込んでしまう。

いったいなぜ、こんなに不安を感じるのかわからないまま、宙彦はじっと志朗を見つめた。

「……あのな」

「え？」

無言で残りの食事を片づけた志朗は、箸を置き、冷めかけた茶を一口すすったところで、静かに口を開いた。

「なんでそんな、申し訳なさそうな顔するん？」

「……え？」

切れ長の黒い瞳でまっすぐに宙彦を見据えたまま、その若さに似つかわしくないほどさらさらとした声で、志朗はなんでもないことのように言った。

「別になんも悪いことしてへんねんから、そんな顔することあらへんやん」

見透かすような視線と言葉に、宙彦は言葉をなくす。

なにも知らないはずの志朗の言葉が、ひどく胸の深いところに落ちて、鋭く突き刺さった。

ちくりとした痛みを感じたけれど、不快ではない。

むしろ、冷え凝った感情の歪みをやわらげるように、暖かいものが広がっていく。

目を見開いた宙彦に、どこか諭すような声で志朗は続けた。

「そらま、メシ時には辛気くさい話題やったかもしれんけど……あんたがそんなしんどそうなカオするほどのことやないて」

なあ、と笑った表情はやさしげで、鋭角的な彼の顔立ちに乗せられればひどく甘いものを滲ませる。

「きみ、幾つだい？」

人を惹きつけるその表情に魅入られながらも、志朗のあまりに老成した言葉に、宙彦は感心しつつも半ば呆れて、そう訊ねてしまう。

「トシか？　こないだ十九んなったなあ。なんで？」

「いや、なんだか……」

「オッサンくさい言うねやろ？　よう言われるわー」

からからと健康そうな歯並びを覗かせて、志朗は笑った。

「地元におる時も、後輩連中に説教ばっかしてうるさがられとったしなあ……」

「そうなのかい？　地元って……関西？」

「ああ。大阪《おおさか》や。俺のおった辺りはガラの悪いのん多くてな、いっくらゆうてもシンナーやらやりよる阿呆ゥがおってん。二、三発どついてやったら次の日菓子折持って謝り来たけどな」

「……そう」

てらいも気負いもなくあっさりと言ってくれるが、荒《すさ》んだ内容に、宙彦は目を丸くしたまままそれだけを呟くのが精一杯だった。

リアクションに気づいているのかいないのか、その時の憤《いきどお》りを思い出したような硬い表情で志朗は続ける。

「俺に謝ってもしゃあないやんな。あんなんで自分の身体ダメにしたって、ひとつもおもろないっちゅうに、なぁんか、世の中つまらんとか偉そうに言いよんねん」

ふう、と頬杖をついて、疲れたように志朗は吐息をついた。その言葉に含まれたものは重く、まだ短いながらも彼の人生には彼なりの哲学が存在するのだと宙彦は知る。

「前向きなんだね、宇多田君は」

志朗の強気な口調は、若さゆえの傲慢とは思えなかった。自身の足下が確かだからこその強さが羨《うらや》ましく、また眩しくも感じてそう呟くと、志朗は「やめてやあ」と頭を掻いた。

「そんな偉そうなんちゃうて。それと、クンづけやらされるとこそばいわ。志朗でええて。みんなそう呼んどるし」

「って、言われても……友達でもないのに」

ファーストネームで他人を呼び捨てることなど生まれてこの方したことのない宙彦は返答に窮するが、志朗はひとり決めしてしまったようだ。

「一緒にメシ食うたらダチも同然や。ほんじゃ、そういうこってよろしゅうな、宙彦」

「そ、宙彦って、きみねえ」

「もう食い終わった？　なら片づけるし。あ、あんたはもうクスリ飲んで寝た方がええな、病人は大人しゅうするんが一番や。ほれ、行った行った」

抗議の声に被せるように早口でまくし立てた志朗は強引に宙彦を立ち上がらせ、その薄い背をぐいぐいと押す。

「って、まったく……ごちそうさまでした」

もう逆らう気力もなくそれだけ口にすると、「お粗末さま」と暢気《のんき》な声が返ってくる。ペースを狂わされたままの宙彦はひどい脱力感を覚えるけれど、背中を押す大きな手のひらの感触は不快ではなかった。

(変わった子だなあ)

「きみ、ところで帰りは大丈夫なのかい？」

苦笑はやがて、甘やかな微笑へと変化する。振り返り、その表情の鮮やかさを意識することのないままに宙彦は問いかけた。すると、ごく近い距離にあった志朗の精悍な顔立ちに、僅かに赤みがさし、背の中程に触れていた手のひらが唐突に引っ込められる。

「……あの？」

「え、いや……車あるしな、片づけたら、帰らしてもらうわ」

どこか慌てたような志朗の声に首を傾げながらも、「帰る時には声をかけてくれ」と宙彦は言った。実際のところ、まだ熱の引ききらない身体はつらく、意識があまりはっきりとは覚醒していない。

「それじゃ、おやすみ」

口にした言葉の響きがひどく久しぶりに聞こえて、新鮮にさえ感じる。もう一度微笑むと、やはり志朗は少しうろたえたようだったが、ぼんやりと鈍る思考の中では、その意図をくみ取ることはできはしなかった。

＊　過去　＊

岡島モータ―ショップでは、朝の掃除は新人の役割と決められている。バイト扱いの見習いである小柄な津野《つの》と、対照的な体格の志朗が駐車場の掃き掃除をしているのは毎朝の光景だ。

「店長、おはようございまーす」

「はよーす……」

いつものように愛車のムスタングで出勤した岡島は、九〇度に身体を曲げた津野の元気な挨拶に会釈すると、うっそりと眠たげに首を曲げた志朗に喝入れの一発をお見舞いした。

「朝っぱらからぼさっとしてんじゃねえよ、志朗」

「誰のせいや思っててんねん……」

はたかれた頭をさすりつつぼやいた志朗はどうにも覇気がない。聞き咎め、じろりと岡島は睨《ね》めつけてくるが、それくらいで臆するような志朗ではなかった。

「店長、昨日の件で、ちょおおーっと話したいことあるんですけどー」

「……後だ、あと。忙しいんだ俺は」

わざとらしく視線を逸らした岡島に食い下がるように、志朗は竹箒を持つのと逆の手で背後から首を絞め、ツナギの襟を摑んだ。

無礼極まりない態度だが、フランクが売りのこの店では、喧嘩《けんか》一歩手前のようなスキンシップは日常茶飯事で、大人しやかな顔をした津野も別段驚いた様子もなく、さかさかとちりとりに、たまった砂埃をかき集めている。

だが、普段のふざけ半分のそれとは様子が違うことを、至近距離で詰め寄られた岡島だけは察していた。

「目が据わってるぞ志朗」

「ほんまに後で聞いてもらえます？」

「わかった、聞くから、ともかく後にしてくれ！　今日は会議なんだ、聖《ひじり》が来るんだ！　きっちり掃除しとかねえと後がうるせえぞ！」

「げ」

この世でもっとも頭が上がらない人物の名前に、志朗はその指を慌ててほどく。

聖は岡島の年の近い甥であり、岡島モーターショップの別店舗である「ＦＲＡＰ　ＢＥＡＴ」の店長だ。学生時代に大阪にいたため、志朗と知り合い、この店に志朗を紹介してくれたのも聖である。

見た感じは柔和《にゅうわ》な女顔で、宙彦と似たような細い肢体をした聖だが、怒らせた時の迫力たるや志朗や岡島の比ではないのだ。特に仕事に関しては厳しく、どこかしら「なあなあ」な雰囲気のある岡島をも容赦なく怒鳴りつける。

「つ、津野ちゃん、店の掃除って……」

「まだっすよ。まずいっす！」

手抜きの掃除を見咎められ、油を絞られた経験を持つ新人ふたりは顔を見合わせ、青ざめた。泡を食ってシャッターを開けたばかりのガレージや店内へと、それぞれ担当の場所へ走っていく。

慌ただしいそれにやれやれと息をついた岡島は、よれた煙草に火をつけながら、嫌になるほど青い空をぼんやりと眺めた。

しかしこの日、聖の小言の対象は津野でも、ましてや志朗でもなかった。

「いくら忙しいったって、一人息子の参観日を忘れる馬鹿がどこにいるよ」

店のカウンターに腰掛けたまま、がっくりと肩を落としているのは、岡島聖司その人である。広い肩先が悄然《しょうぜん》と力をなくしているのは見るにも哀れで、店員たちは一斉に明後日の方向を向いたまま仕事に専念しつつ、耳だけはそちらに神経を集中させていた。

モデルめいて整った、中性的な顔立ちからは、似つかわしくないようなドスのきいた低い声が零れ落ちる。面目《めんぼく》ない、とうなだれた岡島の膝の上には、彼によく似た面差しの少年が座っていた。

「ばあちゃんから連絡なけりゃ、慎太郎《しんたろう》は来てもくれねえ親父をただ待ってるだけだったんだぞ！」

予定の時間になっても現れない聖に訝しんだ面々の前に、午後を回ってようやく現れた彼は、怒りも露《あら》わに岡島モーターショップへと愛車で乗りつけた途端、「聖司さんいるか！」とがなり立てた。

普段では決して身につけないようなスーツを纏《まと》った聖の傍らには、小学生くらいの男の子の姿があった。岡島の一粒種、慎太郎である。

どうやらこの日は慎太郎の授業参観日であったのだが、仕事馬鹿の父親はそれを失念しており、彼の母、つまり慎太郎の祖母から、聖がピンチヒッターを頼まれたものであったらしい。

「すまん、聖……」

「謝るのは俺じゃなくって慎太郎にだろうが。この甲斐性なしのクソオヤジ！　そんなんだから嫁さんにも逃げられんだよっ！」

一言もない、とうなだれる岡島の態度にもまだ収まらないのか、もとより切れ長の瞳を更に吊り上げて聖は怒鳴った。

「ひ……聖さん、子供の前ですから……」

とりなそうとした津野も、聖のひと睨みに黙らされてしまう。見かねた志朗がこっそりと慎太郎を手招くと、細い身体の割に手足の大きな、将来の美丈夫ぶりが期待できそうなその子は、身軽な所作でひょい、と父親の膝から降りた。

「もういいよ、聖ちゃん、父ちゃんも」

志朗の腕に抱き上げられながら、少年は、冷めたふうでも投げやりでもなく、細いソプラノのしっかりとした口調で告げる。

「前の晩にカクニンしなかった俺が悪いのさ。今度からは気をつけるし」

七歳の子供にけろりと諭され、熱くなった聖はばつが悪そうにセットした髪を掻き、岡島はいよいよ面目ないと頭を抱えた。

「だから次は忘れんなよ、父ちゃん」

「……えらいぞ、慎太」

「うひゃ、志朗ちゃん、こえぇよおー！」

おりゃ、と肩車をしてやると、長身の志朗の肩の上で怖いと言いつつ声を上げて慎太郎は笑った。大人が思うよりも子供はタフであると、その屈託ない笑い声に教えられ、父と叔父のようないとこは苦く笑うしかない。

「ともかくまあ、そんなわけだから。打ち合わせすっぽかしたのはまずかったけど、こっちも朝になって急に連絡があったんだ、許せよ」

慎太郎の通う小学校は、この岡島モーターショップよりも聖の住まいにほど近い。さっさと出勤してしまった聖司を呼び戻すより、聖に連絡をつける方が早いと踏んだ慎太郎の祖母は、朝っぱらからの電話で聖を叩き起こしたのだそうだ。

「悪かったな、聖」

口角を笑みの形に歪ませたままの岡島はひどく老け込んで見える。見てはいけないものを見てしまったような表情で、聖は一つ吐息をついた後、からりと笑って見せた。

「つうわけで、打ち合わせは明日に変更な。これから慎太のやつメシに連れてくから。ほれ、よこせ、志朗」

志朗に比べれば頭二つは小さな聖だが、その細い腕に子供の身体を預けても、なんの危なげもない。

細い顎の辺りで不揃いに揺れる髪も、猫っぽい造りの顔立ちも、宙彦よりよほど女性めいた線の細さであるのに、聖にはあの不安定な印象がない。彼の気性も腕っ節の強さも身に染みているせいもあるが、大きく違うのはその表情のせいだろう。

造りの繊細さを吹き飛ばすような激しい喜怒哀楽は、聖の魅力を損ねるものではなかった。むしろ生き生きとした瞳の明るさに惹かれ、彼を慕って集う者は多い。

（顔だけやったら、聖さんとどっこいどっこいの美形やねんけどなあ……）

ふと気づけばその姿を宙彦と比べている自分に気づき、志朗はなぜかひとり気まずい思いをした。昨晩からどうにも調子がおかしいと、あまり思い煩うという経験のない志朗は内心で首をひねる。

寝不足も露わな赤い目の理由は、どこか覇気のない宙彦が浮かべた、やわらかな微笑が瞼から離れないせいだった。

ひっそりとしたそれはあまりにも淡く、同性のものとは思えないほどに甘かった。儚《はかな》げ、という言葉の似合う人間を初めて見た。実際的な嗅《きゅう》覚《かく》で感じる意味でなく、宙彦にはほとんど体臭が感じられない。

きれいな顔をした男というのなら、聖でずいぶんと免疫がついていたつもりだったが、聖の華やかさとは種類の違う宙彦の危うさは、志朗の中にあるまずい感情を根底から揺さぶった。

長男気質で、人の世話を焼くことがほとんど苦にならない——というよりもむしろ、好んで面倒を見たがる節のある——志朗には、あの手のぼんやりしたタイプは非常によろしくない。

昨日のように、迷惑がられようと嫌な顔をされようと、追いかけ回してでもどうにかしてやりたくなる悪癖を自覚しているだけに、志朗は浮かない顔で深くため息をついた。

その苦い顔を、気づけばじっと見つめている人物がいる。我に返って視線を合わせると、吐息の触れそうな距離に聖の小作りで端麗な顔立ちと、無心な慎太郎のつぶらな瞳があった。

「おわっ！……な、なんやっ」

「なんや、じゃねえだろ。さっきっから難しい顔でため息ついて、どうしたんだよ？」

驚いて後ずさった志朗に、慎太郎を腕に抱えた聖は面白そうににじり寄った。

慣れているとはいえ、そんじょそこらではお目にかかれないような美形に至近距離で覗き込まれるのは心臓に悪い。自分の顔のもたらす威力を十二分に知り抜いている聖は、たまさかにこういう悪趣味な意地悪を仕掛けてくるのだ。

「お、照れてんの？　カワイー顔すると食っちまうぜ？」

細い人差し指を顎に這わされ、にやにやと下品に笑って見せても少しも卑《いや》しくならない唇で紡がれた聖の台詞に、志朗は「滅相もない」と大きく首を振った。周りの人間は笑っているが、聖が口にしたそれはあながち洒落《しゃれ》にならないのだ。

岡島と志朗しか知らないことではあるが、聖はバイセクシャルだった。それもかなり節操のないタイプで、彼が生まれ育った東京から大阪の高校へ進んだのも、大阪を離れることになったのも、いずれも痴情のもつれ（しかも男と）であったことは、一部では公然の秘密なのである。

「聖、その辺にしとけ。ウチのルーキー使いもんにならなくなったらどうしてくれる」

「ちぇ」

見かねた岡島の助け船に志朗は胸を撫で下ろし、聖は口を尖らせた。そそくさと仕事に戻ろうとした志朗を、しかし聖は引き留め、小声で囁《ささや》いてくる。

「なんか悩みがあるようなら言いな。あの朴念仁《ぼくねんじん》じゃ、わかんねえ話もあるだろうからさ」

「え……？」

そして志朗の返答も待たず、聖は慎太郎を抱いたのと別の指で精悍な頰を軽くはたき、するりとしたなめらかな歩みで去っていく。

どんな意味でそんなことを言ったものか、聖の意図はわからないながらも、なぜかその言葉が気になって、志朗は困惑気味に額を掻いた。できれば聖に借りを作ることだけはしたくないと思いながらも、早晩彼になにかを打ち明ける羽目になるような気がする。不確かな、だが予感めいたものに占められる胸が、奇妙にざわついていた。


ハプニングもあり、慌ただしかった一日も終わる。まだ新人の志朗らは定時である六時で退社することができるが、岡島はそうもいかない様子だった。結局話はできそうにもないと、諦め顔で退出のタイムレコーダーを押した志朗を、岡島は目顔で「ちょっと来い」と呼び止めた。

「残業ですか」

「いや、じゃなくておまえ、なんか話あんじゃねえのか？　朝、言ってたじゃねえか」

「ああ」

あらたまって切り出され、志朗も言葉に窮する。態度には出さないものの、慎太郎の件で岡島が少しばかり気落ちしているようなのは知っていたし、そんな時に個人的な話を持ちかけるのは気が引けた。また、一日が過ぎてしまうといったいなにを岡島に話したかったのかの要点がぼけてしまったのだ。

「あれはもう、いいですよ」

一見《いちげん》の客である宙彦を、必要以上に気にかけているような岡島の態度が気になっていただけで、今になればそれも些細な問題に思えた。むしろ、聖にからかわれたことで妙な揺らぎを覚えている自分の感情の方が、何倍も厄介な気がする。

だが、そんな志朗の微妙な葛藤《かっとう》を、岡島は遠慮と取ったようだった。

「まあ、俺もメシ食いにいくからよ、ちっと付き合えや」

「はあ」

上司にそう言われてしまっては引っ込めるわけにもいかない。また、このまま帰ってもひとり暮らしのアパートで暇を持て余すばかりだ。断る理由もなく、向かいの通りにある定食屋で待っていることを志朗は約束させられてしまった。

十分ほども待った頃に、岡島は現れた。適当に頼んでおけと言われていたため、この日のお勧めをふたり分注文してあった。岡島が席に着いた途端に赤鯛の粕漬け定食が運ばれてくる。

身離れのよい魚をつつきながら、まだ仕事があるというのに冷や酒を注文した岡島は、箸を動かす手を止めずに「で?」と切り出してきた。

「話ってなんだ」

「そら……槇原さんのことですけど」

赤だしのみそ汁をすすり込み、志朗は仕方なく話し出す。

「おう、昨日どうした。大丈夫だったか?」

「はあ、なんか熱出してたんで、家の人もおらんっちゅうんでおさんどんして来ました」

志朗の答えに、「おまえらしいや」と岡島は笑った。

「笑いこっちゃないでしょう……。まさかと思うけど、そこまで考えて送っていけ言うたんですか?」

「はい、冷や、お待ちー」

志朗の問いに答えようとした岡島の前に、冷や酒の入った徳利《とっくり》が置かれる。飲むか、と差し出されたが帰りの足がバイクであることを考え、志朗は首を横に振った。

手酌でぐい飲みをあおった岡島は、どこか遠い声でぽつりと呟いた。

「そうか……まだ、ひとりか」

「やっぱり知り合いなんですか。……でも、向こうはわかってへんかったみたいやけど？」

「知り合いってほどのもんでもねえからなあ」

ほろ苦い表情で呟いた岡島は、「なあ」と志朗に言った。

「ものはついでと思ってよ、しばらく槇原の様子、見てやってくんねえか？」

「は？」

唐突な店長の言葉に、志朗は目を丸くする。腑に落ちない表情の部下から目を逸らすように、視線を下に向けたままの岡島は「頼むよ」と言った。

「あれは俺の、……くせえ言い方すれば、昔の傷に引っかかってるんだ」

呟くような声で言って、岡島はもう一度 盃《さかずき》を干す。

「といっても、向こうにゃまったく関係ねえ話だけどよ……中学が、一緒でな。槇原はいわゆる優等生ってやつで、俺とは口もきいたこともなかったが……あの通りのツラだろう、有名だったんだな、この界隈《かいわい》じゃ。五辻《ごつじ》町の槇原っつったら、有名な金持ちの家だったしな」

その苦い声音より、そういえば目の前の男と宙彦が同い年であったことをあらためて思い知り、志朗はその違和感に眉を顰める。

若くして父親となり、同じ頃に会社を興《おこ》した岡島には、確かに実年齢以上のしたたかさと重さが感じられる。そして対照的に、宙彦にはその種の泥くささがまったくといっていいほど見つけられないのだ。

「大した話じゃねえんだ。けど……ちっとな、だらしねえガキだった頃、あいつのことを知らねえふりでやり過ごしちまったことがあったのさ」

岡島や宙彦の中学時代には、まだ治まりきれなかった校内暴力の嵐がそこかしこに遺恨を残していたと聞く。

世代の違う志朗には当時のことは今ひとつ実感は湧かないが、目の前の落ち着いた風貌の男が、一昔前には相当に荒れていたらしいことも、聖やほかの連中の話で知っていた。

「槇原の家のこと、聞いたか」

「なんか、事故とかって……」

志朗の答えに、そうか、と岡島は呟いた。

「ちょうど今の時期だったかな、なんでも家族旅行の帰りで、事故でいっぺんに家族亡くしてな。下手に有名だったもんで、口さがないやつも多くて……いらねえこと言うやつも」

不愉快そうに唇を歪めた岡島はそれ以上は続けなかったが、志朗にはなんとなく宙彦に向けられた悪辣《あくらつ》な言葉たちがどんなものだったのか呑み込めた気がした。

「いろいろあったらしいし……嫌がらせも、多分されてたんだろう。それでも怪我の治療以外じゃ、一回も学校休まねえで、きちんと卒業しやがった」

(嫌がらせか)

不穏な言葉に志朗が顔をしかめるのを、気づかないのか黙殺したのか、岡島は淡々と言葉を続けた。被害者が被害者のままでいられない社会の仕組みを知らぬでもない志朗は、不愉快さを露わにする。

「細っこい、女みてえな顔で、それでも強情に負けてねえ槇原見てたら、自分が恥ずかしくなってな。人殴ったところで、なんも強いわけじゃねえって」

悪ガキだった、と笑う岡島の気持ちが、志朗にはわかる気がした。

志朗にしたところで、ほんの一年前には教師や周囲の大人の手を煩わせることも多かった。人に迷惑をかけるつもりはなくても、走り屋というだけで暴走族と混同され、検挙すれすれのカーチェイスを白バイと繰り広げたこともある。

大阪を去るしかなくなったのも、無鉄砲だった自分の行動に起因すると今ならわかるが、熱くなっている当時には全てが理不尽に感じられたものだった。だからこそ、聖は志朗を岡島に託したのだ。単にこういった仕事に就きたいというだけでなく、一度ドロップアウトの烙印を押された少年たちには、理解を示す大人はまだ多くはない。

それも仕方のないことだと思う。取り返しのつかないことをしてしまったと悔いたとしても、その少年を、弾劾《だんがい》し排除するほかに彼らは方法を知らないのだ。

ふと、もう決して会うことの叶わない親友の顔が瞼の裏に甦《よみがえ》り、志朗は胸にさす息苦しさを、静かに深い呼吸でやり過ごす。滅茶苦茶になってしまいたいと、ただ走るほかに方法を知らなかったのはきっと親友も同じだったのだ。甘かったとは思うが、それでも精一杯だった。

本当に全てを失った親友と、大事なものを奪われてなおここにいる自分との、どちらが幸福かはわからない。冷静にそんな比較ができるほどには、まだ志朗もこなれてはいないのだ。なくしたものの重さと痛みに必死で耐えている志朗の気持ちを推し量ろうとしてくれたのは、目の前の上司と、聖くらいなものだった。容赦のない言葉を浴びせられ傷ついた自分を励まし、生きる道を指し示し、さまざまな意味で一年間、親身になってくれた岡島に、志朗は深く感謝している。

「笑っちまうような、しょうもねえ話だけど、なんか……気になっててな。今でもそん時のことたまに思い出すと、嫌な気分になるんだよ」

無意識なのか、自分の硬い胸の辺りを、岡島は節の太い指で軽くさすった。

「高校には行ったと聞いたが……それっきり話にも上らなくなってなぁ。いまだにあのでかい家に閉じこもってるのかと思うと、なんだかやるせねえよ」

嗄《しわが》れたような声に、落ち着いてはいるがまだ若いと思っていた岡島の疲れのようなものを感じて、志朗は少し落胆したような気分になる自分を責めた。

そして、昔の話を淡々と語れるほどには彼は大人であったのだと、あらためて知る。

「……なんや、わかるようなわからんような……」

実際のところ当時の宙彦と岡島の上に起きたことを、具体的に理解したわけではない。特に宙彦には、思うよりも複雑な事情がありそうだと感じはしたものの、それを岡島に訊いてよいものかどうか志朗は迷った。訊ねたところで、岡島も答えはしないだろう。

これ以上深く訊くなというのなら、それでもいいと志朗は思った。

「……どっちにしろ宙彦とはもう知り合いになったつもりなんで、まあ、せいぜい様子でもなんでも見ることにします」

どんぶりメシをかき込みながら答えた志朗に、岡島は苦笑する。

「もう『宙彦』呼ばわりかよ……ったくてめえは、目上に対する態度がいまいちあらたまんねえな」

いつものようにぱしりと、志朗の頭を叩いて咎めながらも、岡島の目は笑っている。

「この元ヤンが。上下関係は厳しいんじゃねえのか、暴走族は」

そして、志朗がもっとも嫌がることをにやにやとしながら口にした。

「俺はヤンキーでも暴走族でもないて言うてるでしょうっ！　バイカーをあんなんと一緒にせんでやあ！」

からかいの言葉にムキになる、こういうところが若いのだと笑われることがわかっていても、声を大にして志朗は反論した。

「周りから見りゃあ一緒だってんだよ、道交法違反常連が」

「今はちゃんと規則守ってますよ……」

お品書きでまたもや頭を叩かれながら、憎たらしい笑みを浮かべるこのクソオヤジに肩入れしたことを、ほんの少し後悔する志朗だった。

＊ 庭 ＊

「あらまあ、志朗さんお疲れさまです」

恰幅《かっぷく》のよい三好の人のよさげな顔立ちが、丈高い青年の姿を認めた途端、更になごんだ。白いものの混じり始めた髪をきちんと結った、品のよさそうな初老の女性に、志朗も笑みかける。

「どうも。今日の分はあらかた終わったで。流しの方はその後どないです？」

答える志朗は、自分で剪定した枝木をビニール袋に詰め込んでいる。

すみませんねえ、と笑った三好は自分の倍はありそうな青年を見上げ、額に噴き出した汗をハンカチで拭った。

「おかげさまで水漏れもなくなったわ。器用ねえ、志朗さんは。ぼっちゃまとは大違い」

「一言多いよ、三好さん」

ころころと笑う三好の言葉が真実であるだけに、宙彦は小さく言い返すことしかできない。

「今日の夕飯は五目チラシですよ」

「わ、ほんま？　あれ好きやねん」

まるで本当の祖母と孫のように馴染んでいるふたりの姿を見送り、結局ろくに仕事にならなかったと、スケッチブックにため息を落として、宙彦も立ち上がる。

（思いっ切り習慣化してるなあ）

数ヶ月前から槇原家をおとなうようになった青年が、庭師の真似事や棚の修理を請け負ってくれた。もとはといえば不器用な宙彦では日曜大工の真似事はできず、かえって仕事を増やすのがオチなのだという話を三好がしたことが発端だ。

工事の職人を入れるのもどうかという程度の台所の棚の不具合は、だからこそ数年もの間ほったらかされていたのだが、志朗はものの二十分ほどでそれを直してしまった。

喜色を浮かべたのは三好だった。遠慮する志朗を引き留め、ふたり分の夕食を作り置いていった彼女は、その手伝いを買って出た志朗と話し込んだ数十分の間に、足下が危なくて脚立も置けず、宙彦も三好も手の届かない物置の電球の付け替えや、テラスの壊れた手すりの修理までをも志朗に頼み込んでしまったのだ。

宙彦が子供の頃から世話になっている彼女には、日常の些事《さじ》の権限を一任してはいるが、少々せっかちで先走るのが三好の困ったところだった。

宙彦に断りなく取り交わされた決め事に、彼は職人さんじゃないんだからと当然注意したのだが、結果志朗本人にとりなされ、なんだかうやむやのままに力仕事その他を志朗に頼る状況になっている。

なにしろ古い家なので、手をかけようと思えばかけるところはいくらでも見つかるし、また志朗本人が面白がってあれこれと手をつけるものだから、世話になる形の宙彦には断りようがない。

この家にしたところで、半端に手を入れたままにするわけにもいかないから、少なくとも一通りきれいになるまでは志朗はここに通ってくるだろう。六〇〇ccのヤマハのYZF—R6。手入れの行き届いた、ガンメタリックの愛車に乗って。

ただ善意のみによって施されるそれらは、いつまで続くものかわからない。だらだらと志朗に頼るべきではないのだが、今ひとつ強く出られないのは、志朗の行動を宙彦自身が決して迷惑だと思っていないからだ。

(困ったもんだ)

あげく三好のいない日には、致命的な家事音痴の宙彦は料理上手の志朗に、食事の世話まで されてしまっている。この現状には、感謝を通り越して少々情けないものもあるが、初めて出会った折りの具合の悪さが、ろくに食事も摂らず原稿に専念したせいだと三好に暴露されてしまい、宙彦がどれほど遠慮しても志朗はガンとして譲らなかった。

『自己管理もでけへんで、どないすんねや！　人間、身体が資本やで？』

きつい目をした年下の青年に、そうして叱りつけられたのも一度や二度のことではないのだ。

年中無休の岡島モーターショップは、申請制の週休二日である。たまたま平日の昼間に訪れた志朗に、怪しげな宗教団体の男に寄付を求められているのを見咎められ、その時も遠慮会釈なく怒鳴り散らされた。

それは極端な出来事であったが、日常の些細な事柄でも、志朗と出会ってからというもの、叱られたり怒られたりした出来事は枚挙にいとまがない。

食え、寝ろ、休め、と、どっちが年かさなのかさっぱりわからないような、細やかで、かつやかましい志朗を、それでも疎ましく思うことは一度もなかった。

むしろ、心待ちにさえしているのだろうと思う。長い間誰も訪れることのなかったこの庭へ、突然に現れた、生命力の塊のような青年を。

「……おかしなものだね」

やわらかな色に染まる夕空に、白い月が浮かんでいる。どこか寂しげなその姿を眺めながら、宙彦は呟いた。

誰かを待つことや、なにかに期待することなど、もうできないと思っていた。

十三年前のちょうどこの時期、八月の終わりに起きた事件を、ぼんやりと宙彦は振り返る。

夏休み恒例の家族旅行の帰途、雨で渋滞中の海岸沿いの道路で起きた落石事故が、宙彦の運命を変えた。

あの夏はひどく暑かった。海水浴を楽しんだ十四歳の宙彦の肌も赤く焼けて、今のように青白くぬめるような色味はそこにはなかった。

はしゃぎ疲れた少年が帰路の車の中で眠りをむさぼっている間に、全ては終わってしまったのだ。

やさしかった祖父と両親を失い、ただこの広い家とすぎるほどの財産、そして、腹部に走るひきつれた傷跡だけが宙彦に残されたものだった。

数十人の死傷者を出した大惨事は当時のトップニュースとなり、建設省のお偉方が責任をとって辞任するなどの問題にまで発展したが、新聞やテレビに取り上げられない部分でも諍《いさか》いは起きていた。

槇原家はかなりの資産、不動産を持つ家で、戦後の土地改革ほかでかなりの土地を国に取られてしまったが、もとはこの一体の地域を仕切る大地主だった。その本家の跡取りが、一人息子の宙彦だった。

奇跡的に助かった宙彦が傷も癒えきらぬまま床を上げ、まず最初に行ったのは、祖父と両親の葬儀の喪主だった。そして、今までやさしげだった親族たちが必死の形相でおもねり、または毟《むし》るように、宙彦の財産に関する「権利」を奪おうとするのを眺めなければならなかった。

途方に暮れた宙彦には、為す術がないかと思われた。欲を露わにした人間の表情が、本当に鬼のようにひきつり歪むことを知るには、彼はまだあまりに幼く、力ない生き物だった。

しかし、周到だった祖父は既に生前から、孫の宙彦の一生を養うだけの蓄えを確保しそれを譲る手配をすませていたのだ。弁護士と管財人も用意してくれており、おかげで十四の少年には重すぎる雑事に煩うことも、身ぐるみ剝《は》がされることもなく、生活の安定だけは保証された。

その代わり、宙彦の周りには常に妬みと羨望が張りつき、いわれのない中傷を受けることもあった。葬儀の場に集まった親族たちの中には顔を知らない者もあり、その中のひとり——名前すら今もって思い出せないけれど——に、通りすがりに囁かれたのだ。

『まったく幸せだよ、これで一生遊んで暮らせるんだから——』

薄暗い廊下、すれ違いざまのその苦々しげな声が忘れられない。呆然と立ちすくんだまま、癒えきらない傷が熱く火照るように痛んだことも。

似たようなことを、その後も何度か聞かされた。そうして宙彦をいたぶりながら、家族の思い出が詰まったこの家で、喪服のまま酒宴を開く見知らぬ顔の大人たちに怯えた。

親戚ばかりでなく、友人だと思っていた者たちのあまりに身勝手な好奇心や揶揄《やゆ》も、宙彦の心を冷やしていった。

意地だけで卒業した中学時代は、暗く苦い色で塗りつぶされている。「不幸である」と他者に認識された瞬間に、溶け込んでいた横の繋がりから、宙彦は完全に放り出されたのだ。疫病神とののしりを受けたこともあった。これも知らない顔だった。

人はなぜあそこまで残酷になれるのか、いっそ不思議に思うほど、誰もが宙彦にやさしくはなかった。

恋愛に重きをおく年頃になってからというもの、近寄ってくる女性たちの、いっそ清々しく呆れるほど自分に対する目的があからさまな態度に感嘆し、そうまでプライドをなくさせるカネの威力のすさまじさに、宙彦はいよいよ誰も信じられなくなった。

皮肉なことに、いまだに雇用関係にある弁護士と管財人、そして家政婦である三好の三人だけは、宙彦を裏切ってもなんの得もないという点で信用が置けた。

むろん彼等が良心的で善良な人々であるのは知っているけれど、ようやく青年に移り変わろうとする過渡期の少年から奪われたものは、あまりに大きかったのだ。

精神を病むことがなかったのが不思議だと、当時の思いつめた自分を振り返り宙彦は嗤《わら》う。泣きもせず可愛げがないと言われたこともあったが、そういう無神経な輩に驚かされる日々には、いちいち泣いているような暇がなかったのだ。

人生を大きく捩《ね》じ曲げた事故の後、それによって変化した状況と人の心の移ろい、そして裏切りに、傷つけられた心を癒すのに長い年月がかかった。

勉強は嫌いではなかったが、結局高校は馴染めずに中退してしまった。大検を受け、通信教育で興味のある語学をいくつか学ぶうち、ストレス解消に描きためた絵を弁護士が見つけ、出版社を紹介されたのは二十歳の時だった。

パステル画とシンプルな文章で綴る、動物や子供が主役の宙彦の童話は、かつて両親や祖父が話してくれた寝物語をもとにしている。

やさしい大事な思い出を忘れたくないと、遅筆ながら書き続けてきたそれが、ある種リハビリであったのかもしれない。

少なくとも、生きることに無目的ではなくなった。たまに届く、子供たちからの拙《つたな》い字の感想の手紙や言葉に、ずいぶんと救われもした。

案外に強くできていた精神のおかげで、生きてこれた。それは事実だったが、まったくひとりの力でやってきたわけでもないと、今では宙彦も知っている。

ひりひりと神経を尖らせず、穏やかに過ぎる日々に慣れ、近頃になってひとりでいる気楽さをようやく楽しめるようになったというのに。

台所から聞こえる三好と志朗の笑い声が、今ではもう日常の風景の一つになってしまっている。

「おーい、宙彦！」

呼び捨てられることにも、もう慣れた自分に苦い笑みが漏れる。「はいはい」と吐息をついて、宙彦はふと思った。

(こんなに慣れてしまって……どうするんだろうね)

鬱々《うつうつ》と過ごしてきた眩い季節、それを今年は健やかで陽性の気質の青年に振り回されるまま、なにも思い煩うことさえなく過ごしてしまった。毎年、八月が近づけば特にひどかったはずの気鬱も、月半ばまで忘れていたほどだ。

彼が宙彦にかける言葉や気遣い、それらの暖かさは、子供たちがくれる手紙のように含みなくやさしい。

野生の獣じみた雰囲気の青年は、他者と自分のテリトリーを区切るのが上手で、若さに似つかわしくない懐の深さを持っていた。志朗の強気でまっすぐな視線や口調には、時に戸惑いもするけれど、それらは総じて宙彦の胸をゆっくりと暖めることの方が多かった。

強引に見せかけた、実際には非常にこまやかな情の傾け方も乾いた心に静かに染み入ってくる。

つくづくと、短い間に膨れ上がった志朗の存在の大きさを知り、それだけに切ないと思う。

(いつまで、こんな時間が続くんだろうね)

いつかあの声が、暖かな灯りのともる場所から聞こえなくなる日も来るだろう。悲観的に見なくとも、すぎるほどに若い志朗がいつまでもこんな田舎に燻《くすぶ》っているとは思えない。

自身で持て余すほどのバイタリティのある彼は、これからもあの気性と行動力で自分の世界を広げてゆくだろうし、削られる時間の中で少し毛色の違う年かさの友人の存在は、静かに薄くなっていくことだろうことは容易に想像がつく。

いずれ訪れるであろうその静けさ、寂寥《せきりょう》の穏やかさに、また慣れることができるのだろうか。

その時に自分はいったい、どうなっているのだろう。

胸に落ちる寂しさを嚙みしめる、こんな気分も忘れていたと、宙彦は深く息をついた。小さく軋む胸の痛みは、だが嫌なものばかりでもない。

なにかを失う予感に切なさを覚える、そんな感情を宙彦に思い出させたのは、夏の日差しがよく似合う、浅黒い肌をした年下の青年であることは間違いない。

思い入れる対象がある、そのことがひどく嬉しい気がすると胸の内で呟いた宙彦は、自分を呼ぶ声の方へと足を向けた。

緩やかに過ぎるばかりの時間を慈しむにはまだ早いのだと教えるように、夕涼みには少し冷たい風が頰を撫でていく。湿った匂いに、明日は雨になるのだろうかと宙彦は感じた。このところ晴れが続いていたから、庭木にはいいお湿りになるだろう。

長く省みることもなかったけれど、志朗の手によって甦りつつある庭へと、宙彦は穏やかに微笑んで見せた。宵闇《よいやみ》に浮かぶ庭は青に溶け、少しもの悲しげで美しい。

いずれ、彼がこの家をおとなうことがなくなっても、たまに思い出してもらえればいい。

懐かしんでもらえれば、それで充分だと宙彦は思った。

けれどどこかで、そんなきれいごとには納得していない自分を宙彦は知っていた。知りながら、それ以上を望むには難しく、またどうすればいいのかわからない。

自分が志朗になにを望んでいるのかさえ、はっきりとはわからないのだ。それでも暇さえあればあのしなやかな長身を思ってぼんやりとしては、埒《らち》もない物思いを振り払う、といったことばかり繰り返している。

そんな時、決まって覚えのない熱に、胸を焼かれるような気分になるのはなぜだろうか。深く突き詰めればなにかが変わってしまいそうで、予想されるその姿の浅ましさに不快になった。

これ以上の変化など望まなかった。ただ朽ちるのを待つような時間の中に志朗という闖《ちん》入者《にゅうしゃ》が現れただけでも、宙彦にとってはずいぶんな驚きだったのだ。

(このままでいられれば、それでいい)

そしてこんな言葉ばかりを、胸の内で繰り返す。まるで言い含めるように、何度も。

自分からなにかを求められるほどに、熱量の高い性質でもないとひとり決めしている宙彦は、けれどわかってはいなかった。

人との結びつきは、一方のみの意志によって成り立つものではない。まして感情という厄介なものが、自身にさえコントロールできるものではないことを。

そして人生の中には、思いもかけない事件というものが必ずある。

予期せぬ出来事はそれを意識しない時にこそ起こり得るものだと、なにより知り抜いていたはずの宙彦は、長くたゆたった時間に慣れ、失念していた。

身構えることを忘れさせたのが志朗であることだけは、無意識の中で感じていたけれど。

立秋にはまだ少し遠いが、月の終わりから降り始めた雨は肌をそそけ立たせるほどに冷たかった。

＊　雨　＊

この日は風も強く、横殴りに吹きつける雨ではさしもの志朗も来ないかと思われたのだが、三好と約束した雨漏りの修理のため現れた姿には、宙彦も苦笑を禁じ得なかった。

「こんな日にまでバイクで来なくたって」

「ほかに足ないやんけ」

最寄り駅からも遠く、バスの本数も少ないこの近辺は、自家用車の類《たぐい》がなければあまりに不便だ。

「それに雨漏りしてるんやろ？　おてんとさん出てからやったら意味ないやん」

フルフェイスのヘルメットに雨よけのフードパーカーを着ているとはいえ、したたかに濡れてしまった志朗のためにタオルを差し出した宙彦は「すまないね」と笑った。

その表情がひどく疲れて見えるのは、鈍色《にびいろ》の空のせいばかりではないと志朗は気づく。そして、上がりかまちの側に、見慣れない革靴を一足見つけ、目顔で「客か」と問いかけた。頷いた宙彦の表情に、それがあまり喜ばしい来客ではないことも読み取り、志朗は眉を顰める。

「出直した方がええ？」

小声で訊くと、かぶりを振る。見上げてくる視線がどこか縋《すが》るような色をしていて、そんな表情は初めて見ると志朗は思った。ただでさえ頼りない、薄い肩が力なく、そのくせに奇妙な緊張を孕《はら》んで張り詰めている。

「ん、じゃ……三好さんとこおるから」

奥まった位置にある台所は彼女の聖域だ。すまなそうに頷いた宙彦の後に続いた志朗は、湿ったジーンズの裾に不快感を覚えた。

襖が開いたままの居間を通り抜ける時、来客の姿が見えた。

恰幅のよい壮年の男性は、身なりだけは立派だった。だが、目が合い、軽く頭を下げて会釈した志朗に向けてちらりと流した視線の苦々しげな様子が癇《かん》に障る。誰だと問うには間が悪く、すまなそうに目で訴えた宙彦の肩を叩いてその場を後にした。

「……あれは？」

くぐもった声が背後から聞こえ、その尊大な物言いにじわりと不快感が胸にさす。が、その後続いた宙彦の台詞に、志朗は無意識のまま口角を上げた。

「僕の友人です。前からの約束でしたので、わざわざ来てくれたんです」

きっぱりとしたその声が、「友人」という言葉が、頑なだった宙彦に自身の存在を認められたようで嬉しかった。押しかけるようにしてこの家の門を叩き続けた甲斐もあったというものだろう。

「こんちはー」

顔を出した台所では、普段朗《ほが》らかな三好が、めずらしく顰め面のまま、夕餉の支度を整えていた。ひょっこりと頭を下げた青年の笑みを目にして、ようやく彼女は眉間を緩めた。

「あらあら、ごくろうさまね、志朗さん。雨の中、申し訳なかったわ」

「いえいえ。それより、お客さんいてるけど、雨漏りの方どうします？」

「お客さんね……」

ふくよかな頬に指を当て、ふう、と気鬱なため息を零した三好は、苦々しげに呟く。

「まあもうすぐ引き取ると思うから、構いませんよ。頼んでよろしいかしらねえ？」

こっちに、と目顔で招く彼女の、見たこともないようなあからさまな嫌悪の表情に気づかぬふりで、志朗は小柄な背中に続く。

「あれま、こらあかんな」

八畳ある奥座敷からは、バケツと雑巾を置いた床の上で、ぱたんぱたんと可愛らしいような水音が聞こえている。天井を見上げれば板目の隙間から滲み出ている水滴。染みの広がり方から、昨日今日雨漏りが始まったのではなかろうと訊ねると、三好は苦笑しつつ頷いた。

「どうせ客なんか来ないんだからいい、って宙彦ぼっちゃまがおっしゃるものだから……急場しのぎばかりだったんですよ」

天井裏の状態にもよるが、長いことこの状態であったのなら梁《はり》が腐っている可能性もあるだろう。場合によっては自分の手に負えないと告げた志朗に、わかっていたとばかりに三好は頷いた。

「志朗さんでダメだったって言えば、大手を振って業者さんに頼めるもの」

「俺は当て馬かいな」

様子見だけでいいなら気が楽だと志朗は笑って脚立に上り、水のかからないよう気をつけながら少しずれた場所の天井板を外してみる。蜘蛛《くも》の巣が張ったそこは暗く、あまり中の様子は窺えなかった。

台所に戻るかと思われた三好が動かないのに気づき、上から見下ろすせいで更に小さく見える彼女に目顔で問いかける。

「今日、夕飯、召し上がっていかれるわよね？」

「ああ、ごちそうになるつもりやけど？」

そんなことが言いたいのではないと物語るのは、三好の皺《しわ》に埋もれたつぶらな瞳だった。

わかっていながらあえてそう返すと、彼女は小さな手をきゅっと前掛けの前で組み合わせる。背後を窺うような彼女に気づき、脚立から降りた志朗は、背をかがめて話を聞く体勢を取った。

「今日見えてる方、宙彦さんの大叔父に当たる、沼田《ぬまた》さんておっしゃるのよ」

ぼそぼそと喋る三好に合わせて、「ふうん、親戚の人なんか」と小声で頷くと、深く吐息をついた三好が続ける。

「こんなこと、私の立場じゃ言っちゃあいけないことはわかってるんだけどもね。あの人、嫌いなのよ。態度も悪いし、図々しくて」

「ふうん」

事業がうまくいっていないらしく、何度断られてもめげず、金の無心に来るのだという。それでいて頭を下げようという態度すら見せない沼田に、三好は憤懣《ふんまん》やる方ないものを覚えているようだった。

先ほどの尊大な居住まいと、志朗を見た目つきに表れていた通りの人格に、志朗は失笑を漏らす。「何者だ」と胡乱《うろん》げに睨めつけるそれは、周囲の大人と折り合いの悪かった大阪時代に嫌というほど味わったものだ。そう告げると、三好は顔を真っ赤にして怒り始める。

「まったく！　どっちが招かれざる客なのかちっともわかっちゃいないんだから！　気にしなくていいんですよ志朗さん、あんな恥知らずのことなんか！」

「……いや、気にしてへんて、慣れとるし。それよか三好さん、そんな怒ったらアカンて、怖いでぇ？　べっぴんさんが台無しやあ」

茶化すように笑ってみせると、三好は今度は大人げない言葉が恥ずかしかったのか、苦笑しつつまた違う色に頰を染めた。

「おばあちゃん相手にべっぴんさん、ね。ありがとう、それでも嬉しいわ」

志朗の軽口に自分を取り戻した三好は、ふと表情をあらためて、真摯な声で言った。

「今日は、ゆっくりしていらしてね。ぼっちゃまを……お願いします」

「うん？……いや、お願いって？」

唐突な言葉に面食らう志朗に、僅かにではあるが彼女は頭を下げた。あらたまる三好に、「そんなことはいい」と少々慌てながら手を振る。それに構わず、三好は言葉を紡いだ。

「志朗さんがいらしてから、ぼっちゃまもずいぶん明るくなられて……本当に、ありがとう」

「いや、別に、俺はなんも……」

年輩の相手にしみじみと感謝されることの少なかった彼は見た目以上にうろたえていた。それを見透かすような深い眼差しで三好は一つ笑い、「じゃあ、戻るわね」と言った。

「んじゃ、ちょっと見たらそっち手伝うさかい、待ってて」

少し照れくさいような気分を引きずった志朗が小さな背中に声を投げると、彼女はいつもの笑みを見せ、部屋から去っていった。

「ああ、びっくりした」

六十をいくつか超えた三好には凜とした品のよさがあって、こういった仕事をしていても人にへつらうようなところがない。

いかにも気さくな彼女だが、もとは結構な家の出だったらしいと宙彦がいつだか呟いた言葉に、今さらながら志朗は納得する。そんな彼女にあんなふうにかしこまられると、どうしていいのかわからない。参ったな、とひとりごちた志朗は、ともあれ本日の「仕事」をやっつけるべく脚立に足をかけた。

(ぼっちゃまをお願いします、か)

なんの説明もないままだったが、ぼんやりと三好の言いたいことはわかった気がした。おそらく、あの不愉快な親戚の沼田某がこの家を去った後、宙彦をひとりでいさせるのが彼女は嫌だったのだろう。だが三好に頼まれるまでもなく、玄関先で見つけた宙彦の頼りなげな表情に、今日は長居をする腹づもりでいたのだ。

たぶん宙彦はそうすることを拒まないだろうし、言葉にして表すことはなくとも、喜んでくれるだろう。

先日、休みの度に庭いじりに現れる志朗へ「酔狂な」と呆れ顔を見せた宙彦を思い出し、なぜか笑み崩れる頰を自分でも訝しみながら、ふと志朗は思う。

確かになぜ、この家にこうまで通い詰めてしまうのだろう。

三好とも懇意になったおかげで、休みの日以外にもここを訪れることが多くなった。もとより、危なっかしい宙彦のことが気になるのは事実だが、それにしても志朗がこの家の門をくぐるのは、尋常な頻度ではないと思う。

急がないからと宙彦が言うのをいいことに、だらだらとセドリックの修理も先延ばしにしているのは、店が忙しいせいもあったがそれ以上に、仕事が終わり宙彦との関係が途切れることを渋る気持ちが志朗にあるせいだ。

静かな、少し田舎の匂いの残る住宅街、そこで年上の男とふたりきり、ろくな会話もなく庭を眺めて時間を過ごすなど、以前では考えもつかなかったことだ。

まだ制服に守られていた時期からつい先頃まで、志朗は決して地味な生活を送っていたわけでもなかった。朝まで遊ぶのはそれなりに面白かったし、東京の夜も地元とはまた違った意味で刺激に満ちている。

気性と見た目とで荒事に巻き込まれることも多かった志朗だが、友人もそれなりに多く、若く容色の整った彼は艶めいた意味での遊び相手には事欠かなかった。

無為《むい》にふらふらと夜を泳ぐ、その刹那的な愉しみを虚しく感じるにはまだ早い年頃だ。けれど、宙彦を知ってからというもの、その手の夜遊びをぴたりとやめてしまった自分に、内心では首をひねっていた。夜半のロードレースにはたまに顔を出すものの、酒を呑むのはこのところ、専《もっぱ》ら会社の付き合いに限られている。

それでなんの不都合もないのだから、別に構いはしないのだが、「付き合いが悪い」と言われることにだけは、申し訳なく思いつつも、閉口する。

長い付き合いの連中は地元に残ったままで、不平を訴える人間には不義理を詫びるほどの仲ではなかったから、そんな筋合いではないと感じる部分が、確かに志朗の中にあった。

薄情な、と責められるほどの情を、持ち合わせていないのは互いに同じだと知っているせいもある。志朗の見た目であるとか、腕の覚えをあてにされたり、年齢よりは落ち着いている彼に泣き言を持ちかける人間は多い。

頼られるのも悪くはないが、きりなく求められるばかりではすり減ってしまうのだ。甘える側はなにも与えなくてもいいと思っている、その傲慢さと怠惰な神経が、気づけば我慢ならなくなっている。

岡島や聖らと接するせいか、仕事を始めてからは特に、甘えるばかりの人間への目は厳しくなった。

背中を支える、守ってくれる強いものであれば、誰であれ彼らは構わないのだろう。傾ける情も毟り取られるような、一方的な関係を受け入れるつもりは、今の志朗にはなかった。

いずれにせよ、宙彦や三好ほどには、本当の意味で彼らは志朗を必要としていない、それは事実だ。三好ほど手放しではないにせよ、宙彦も多分、ある種異質な友人を受け入れてくれたのだろうと志朗は思っていた。近頃よく見せるようになったぼんやりとした穏やかな表情は無防備で、あれが多分宙彦の素の顔だろう。

家にこもりがちとはいえ、外に向ける大人の顔を持たないほどに幼くはない宙彦だが、生きた人間関係をこなしていない分、距離の取り方が極端から極端へと飛ぶ。うちとけた会話などはなくとも、そんな彼の無心な表情は志朗の優越感を刺激した。

人のいない、緑茂る庭。そのテリトリーに入ったなら、宙彦に心を許されたのと同じことなのだろう。悪い気はしない。

静かで穏やかな彼はやや皮肉な物言いもするが、総じてやさしい雰囲気がある。

彼の著作も、いくつか見つけられた分は読んでみた。専ら娯楽小説がメインであるが、志朗はこれでも意外に本を読むのは好きだ。子供向けのそれらにはごく幼い頃を除いて接したことがなかったが、大人（この場合は志朗も大人の部類に入るだろう）の目を通して読むとまた別の感慨がある。

宙彦の繊細な指で紡がれる物語は、淡々と穏やかだった。二本足で立って歩くウサギやりすと、本来天敵であるはずの狼らが小さな森で暮らしている。童話の中にはずいぶんと皮肉な寓話《ぐうわ》もあるが、彼の話はどれもこれも悪役というものが存在しない。皆等しく温厚でやさしく、ほんの些細な事件（例えば子りすが、しまったはずのどんぐりがなくなったとか）に驚いたり慌てたりと、のどかで微笑ましいエピソードばかりだった。挿し絵もきれいなパステル画で、目尻の少し下がったキャラクターたちの表情は、作者に似ていると志朗は思う。

読んだと言ったら、めずらしく、派手に顔を赤らめもした。見たことのない表情を見つける度に、胸の奥が暖まる。年上であることを失念しそうな、世慣れない宙彦と接していると、自分がひどくやさしい人間になった気がして、恥ずかしくもあるが心地よかった。

たまに、無意識のまま志朗の姿を追いかける、静かにじっと見つめてくる淡い色の瞳に、気づけばひどく気持ちを揺らされて、それが少し困りものだ。

悪くない気がするのが、また厄介だ。聖にもしたり顔で「満腹って顔」などと言われ、やましいこともないはずなのに奇妙にいたたまれない思いがした。

『おまえは手のかかる女が好きだからな、昔から』

宙彦の名は伏せたまま、「知り合いが」と話した日常の出来事、その一連の志朗の言葉に対しての聖のコメントは、妖しげな微笑混じりのものだった。からかわれるのはごめんだと、笑って流すに留めたけれど、それは追及を逃れるためのものだったのかもしれないと、その夜は寝つけないままに志朗はつらつらと考えた。

思春期のはじめにも今現在も、自分で自分の感情が読み取れずに苦労するということを、志朗は呆れたことに経験したことがなかったから、彼にしてはずいぶんと悩んだ方だ。

出会いの日にもそんなふうに眠れずに宙彦のことばかり考えたと思い出し、志朗はひとり笑ってしまう。必要なこと、そうでないことを本能的に選り分けて、ただ前に進んできた自分の頭の中にこれほど巣くっているのなら、きっと宙彦が必要なのだろう。

結論としてはそんなところで、志朗はなにも変わらなかった。

作家のくせに言葉が下手で、不器用なのにきれいなパステルの絵を描く彼に、多分惹かれているのだろう。この庭と宙彦は、凪《な》いだ海のようになにもせずただそこにあって、それだけで志朗の心をやわらげる。冷たくはない干渉のなさが、心地よいのだ。

やわらかい手に触れてみたいとたまに思うが、どういう意味かはまだわからない。

気持ちの種類も、名前もわからない。考えることもカテゴライズも志朗は苦手だが、時が来ればきっと身体が先に動くと知っている。

その時にどうか、あの線の細い背中を傷つけることがないようにと思う。

今でこそ穏やかな宙彦だが、その半生はあまりに痛ましいものを抱えているのだ。これ以上彼をつらい目にあわせることだけは避けたかった。

岡島にちらりと聞いた話を、宙彦の前ではおくびにも出さなかった志朗だが、少しばかり調べた結果は予想より遥かに重い出来事だった。

十三年前の槇原家の事故は、当時大阪にいた小学生の志朗の耳にすら入るほどのビッグニュースであり、また宙彦にとっての悲劇だった。

市立図書館の閲覧室で当時の新聞記事の中に宙彦の名前を見つけた時には、胸が軋んで息が止まりそうだった。述べられる事実が端的なだけに、宙彦の受けたダメージは想像するよりほかない。今でさえあんなにも頼りないのに、たった十四でひとりきりにされて、どれだけ切ない思いをしたのだろう。

今まで行ったこともなかった図書館に足を向けてまで宙彦のことを知りたいと思う。そして、少年だった宙彦の側に、今の自分がいてあげられたら、などと埒もないことを考えるその情の、尋常でない熱の高さを、志朗は抑えようとは思わなかった。


物思いに耽《ふけ》りつつも天井裏の検分を終え、三好にざっと報告する。やはりというか悲惨な状況は素人の手に負える状態ではなく、近日中に業者の手を入れることを彼女は決めたようだった。もう先ほどの硬い雰囲気は三好にはなく、いつものように四方山《よもやま》話《ばなし》に付き合いつつ、夕食の下ごしらえを手伝った。合間に彼女の菜園で採れた枝豆の塩茹でを摘んでいると、居間の方からずいぶんと大きな声が聞こえてきた。

「……おまえには人情ってものがないのか！」

剣呑《けんのん》に怒鳴っているのは沼田で、三好は眉を顰め、志朗は膝に抱えていた竹のざるをよけ、立ち上がる。問うような表情で見上げてきた三好に笑ってみせると、木の盆を小脇にした志朗は台所の低い入り口に頭を下げた。

向かう先は当然、宙彦のいる居間だ。

「これほど頼んでいるというのに、なんて薄情なんだ。もういい、口も利きたくない！」

「しっつれいしまーす」

廊下への襖は開け放したままになっていたため、中の様子は丸見えである。軽く入り口脇の柱を叩いてノックの替わりにする。来客が自分のほかにあることも失念したように怒鳴り散らしていた男は、場に似つかわしくないのんびりとした声でお盆を提げて入ってきた大柄な青年に血走った目を向けた。

張り詰め、硬い表情だった宙彦は志朗の突然の登場にぽかんと口を開けている。

「なんなんだ、貴様は！」

「あ、俺？　宙彦と三好さんの友人です。ちょおっと三好さん手があかへんから、お茶下げに来たんですけど」

「はいどうもすいません」と、茶托《ちゃたく》に腕を伸ばした志朗にはなんら気負ったものは見受けられないが、その長身ときつい容貌に、明らかに沼田は怯んだようだった。中年の男からは死角になるように向けた顔で、志朗はさまになるウインクを宙彦に投げてやる。ふざけたそれにアーモンド型の瞳を丸くした宙彦は、「まったく」とでも言いたげに、強ばっていた頬を緩めた。そしてひとつ息を吸い込み、沼田にきっぱりと言う。

「すみません、これから友人と予定があるんです。今日はお引き取りいただけますか」

いつものようにやわらかな声ではあったが、その口調は有無を言わせないものが含まれている。

自分以外の前でこういう口をきく宙彦はめずらしい、と志朗は思ったが、沼田はなお驚いたようだった。もごもごと口の中で文句らしき言葉を呟いていたが、志朗が目線で玄関の方をさすと、不承不承《ふしょうぶしょう》立ち上がった。

「これも持って帰って下さい。僕にはその気はありませんし、いくらお願いされても、無理なものは無理ですから」

不快げに口元を歪めた沼田が宙彦から受け取ったのは、見合い写真とおぼしき代物だった。

「偉そうな口を……まったく。どんな予定だか知らないが、久しぶりの親戚を追い返すほどのことかね」

忌々《いまいま》しげに宙彦と、そして志朗を睨めつけた沼田はふん、と鼻を鳴らした。

「ずいぶんと若いな。どういう友人だか知らないが、槇原の家に泥を塗るような真似だけはしないでくれよ」

「な……！」

明らかに志朗のあまり堅いとはいえない服装や容姿を当てこする言葉に、気色ばんだのは宙彦の方だった。失礼な、と食ってかかりそうな彼の細い肩を摑み、志朗は黙ってかぶりを振る。目線で訴えてくる宙彦に構わない、と笑って見せた後、ちらりと沼田に視線を流した。

表情はさほど変わらないながらも、明らかに冷たい迫力を滲ませた志朗の視線に、びくりと男の贅肉《ぜいにく》のついた肩が跳ね上がる。

「まったく、この家に来るとろくなもんじゃない！」

そして、自分の息子ほどの年齢の青年にすくみ上がらされた事実が腹に据えかねるのか、顔を赤らめたままろくな挨拶もなく、沼田は足音高く部屋を出ていった。

「……っと、持っていかな」

迫力に欠ける後ろ姿を薄笑みを浮かべて見送った志朗は、自分がふたり分の湯飲みを載せたお盆を持ったままだと思い出し、きびすを返そうとする。その腕を、宙彦がそっと掴んだ。

「ん？」

振り返ると、案の定な台詞を宙彦は言った。

「ごめんよ、きみにあんな不愉快な……」

「ああ、ええて。慣れとる、あんなん。なんせオットコマエやからな、俺。おっさんには嫌われるんや」

おばちゃんには好かれるねんけど、とふざけた笑みを浮かべると、宙彦はそれでも硬い表情のままだった。そのなめらかな頬を軽く手の甲ではたき、もう一度「気にするな」と告げる。

何気なくしたことではあったが、こうしたスキンシップを宙彦相手に取ったことは初めてだったなと、台所へ向かう廊下の途中でふと思い、彼の頬に触れた手の甲が軽く疼《うず》く。

「おいおい、やばいんちゃうん」

誰もいない廊下の真ん中で、内心の呟きは唇に乗り、ため息と共に落ちていく。次第に具体化する胸の内の熱が真実厄介だと思うのは、志朗自身がそれを少しも「やばい」とは思っていないことだった。

＊　恋　＊

夕食を終えた後、なんとはなしにぼんやりとテラスに出て庭を眺めていた宙彦《そらひこ》は、不意にかけられた声にゆっくりと首を巡らせる。

「なあ、寒ないの？」

日暮れから雨足は少し弱くなったが、しっとりと湿った空気は変わらず冷たい。志朗《しろう》の、明るくはあるが気遣いの滲《にじ》む声音に、宙彦は薄く笑って肩をすくめた。

「まだ帰らなくていいのかい？」

「帰った方がええの？」

そんなことは言っていないよと、宙彦は苦笑した。

居間の縁側の端に立つ志朗から、延長線上にあるテラスの手すりにもたれる宙彦までは、手を伸ばせば届きそうな距離である。そちらに行ってもいいかと問われ、「どうぞ」と答えた。

部屋の区切り目で縁台が途切れるため、志朗のいる位置からこの場所へと出るには、庭に降りて回り込むか、いったん室内に戻り廊下を通って突き当たりの洋間から行かなければならない。当然そのいずれかのルートを辿《たど》ってくると宙彦は思っていたが、まだるっこしいと志朗は手すりに腕を伸ばした。

「え……？」

かけ声さえなく、ひょい、と身軽な動作でその長い手足を使い、テラスに乗り込んできた青年を目を丸くして眺めた後、宙彦は小さく吹き出した。

「乱暴だな……手すりが折れたらどうするんだい」

「そんなデブちゃうわ。それにこないだ修理したのん俺やで」

コン、と手ずからペンキを塗ったそれを叩いてみせ、志朗はにやりとした。

「普通に来たって大した時間もかからないだろう」

宙彦は笑う。「面倒だ」とそれに返す志朗を見上げ、均整の取れた体軀《たいく》と端整な横顔にそっと見惚《みと》れた。そして、こんなふうに軽々と、距離を詰めてしまえる志朗の行動力と、彼のくれる驚きが嬉しいと思う。

時間が惜しかった。ほんの僅かな距離を移動する間に、志朗が視界から消えることが嫌だった。志朗もそうであればいいと願って、馬鹿なことをと胸の内で恥じる。

すぐ傍《かたわ》らにある精悍《せいかん》な顔は、室内からの灯りで照らされ夜の闇に浮かぶ。やけに鮮明に映るそれを直視できぬまま、気取られぬよう目の端に留めながら今さらに認識するのは、先ほど頬を撫《な》でられた折りに覚えた疼《うず》きと、根を同じくする感情からだ。

庭へと向けた自分の横顔をじっと見つめてくる彼はなにを思っているのか。肌がちりちりとくすぐったいような、まっすぐな眼差《まなざ》しがやけに熱くて、火照《ほて》り始める頬を隠すように手のひらを当てた。

「今日、本当に悪かったね」

照れ隠しのように呟《つぶや》くと、志朗は我に返ったようだった。

「え？　いや……」

「でも助かったよ。あの人は強引でね。あれくらいじゃないとなかなか帰ってくれなかったろう」

言葉を切り、宙彦の透明な印象のある瞳は志朗に向けられる。黒々と冴えた志朗の双眸《そうぼう》は、夜の中にあっても光を孕《はら》む量が多い。きれいな目だと、あらためて宙彦は感じ入る。

「きみには、お礼を言ってばっかりだ」

「いや別に、いちいち言わへんでもええねんで？」

そうじゃなくてね、と宙彦は笑った。

「助けられてばっかりだってことだよ。……ほんとに、いつでも、……してもらうばかりで」

「別に、そないな」

神妙な言葉が照れくさいのか口ごもった志朗は、どうにか話を逸《そ》らせないかと思案するように視線をさまよわせた後、宙彦の髪がいつもより緩くウェーブがかかっていることに気づいたようだった。

「髪、パーマあてたん?」

宙彦にしてはめずらしいと指摘される。結構な美形の割に宙彦には自覚がなく、小ぎれいにはしているが身なりにあまり構わない。そんな彼を、仕事柄ラフなファッションが多いものの、若者らしくスタイリッシュな志朗はよく咎《とが》めるのだ。

くせ毛だから、と宙彦はその甘い色の髪を指先で引いた。

「雨の日とか、勝手に巻いちゃうんだ。天然だよ。すぐにもつれるし、困る」

「似合ってるし、ええんちゃう?」

考えもせずにぽろりと漏れただろう言葉がなんだか女性を誉める時のそれに似た匂いがして、宙彦はむず痒いものを感じる。志朗にもその微妙な動揺が伝わったようで、宙彦は気まずいように目を伏せて俯《うつむ》いた。

自分からは遠慮なく視線を投げかけるくせに、強く見つめられることには慣れていない宙彦は戸惑うようにちらりと顔を上げ、志朗の目がまだ自分を注視していると気づくと、また俯いてしまう。

一連の自分の動作が、まるでもの慣れないうぶな少女のような仕種だとふと思って、胸がざわめいた。急にひどく落ち着かない気分になって、宙彦はそんな自分に照れる。宙彦の落ち着きのなさが伝染したかのように、志朗も軽口さえ叩かない。ややあって、ようやく口を開いた彼の言葉は、少し硬いものを含んでいるように聞こえた。

「今日持ってきてたん、見合い写真やろ？」

「ああ、うん、そうだったらしい」

帰りしな、沼田《ぬまた》に突き返した代物をしっかり見咎めていたらしいと、宙彦は苦笑する。

「らしい？」

「見てないから」

そして、どこか探るような志朗の言葉を心地よく感じている自分を知った。

「取引先の娘さんらしいよ。コネクションを作りたいのだろうけど、彼の家にはあいにく年頃の息子さんはいないから」

「結婚、するん？」

「さあ。ご縁があれば」

そんなものはありもしないと匂わせる、素っ気ない言葉に、志朗の視線が強くなった気がした。

「顔、強ばってんで」

ひそめたやさしい声だった。宙彦の顔に滲む疲れが、沼田の激しさに当てられたせいだと彼は思っているのだろう。

（そんなにヤワじゃないんだよ）

見た目のせいか日頃の行いか、周りにひどく頼りなく思われているのは知っている。けれど宙彦にとっては、今日のことなどさして気にするほどのものでもなかった。

金の無心に懲《こ》りもせず現れる尊大な親戚筋の男を、宙彦は実際には三好《みよし》以上に嫌っている。彼もまた、祖父が宙彦に残したものを羨《うらや》むあまりに、少年の心に傷を残す言葉を吐いた人間のひとりだった。

泣き落としのため愚痴を垂れ、繰り言を言い、そのくせ頭を下げる腹づもりもない沼田の逞《たくま》しさには、ある種感嘆は覚えるものの、好かない人種であるのに変わりはない。だが更にタチが悪いのは親切ごかしに窺《うかが》いを立ててくる連中の方だから、沼田のようにストレートな方が、まだしも対処はしやすいのも事実だ。

沼田は必死で正直だ。それがただ、自分とそのテリトリーに属する者の利潤と旨《うま》みだけを追いかけることに費やされ、宙彦の上にはなんらの思いやりも情も持たないだけのことだ。

子供の頃から宙彦を知る三好は、彼がこの家を訪れる度にひどく心配する。

けれど、のらりくらりとかわすことだけはさすがに覚えた宙彦は、この度の志朗のように凄んでみせることはできないが、結局一度たりとも彼の望みを叶えてやったことはないのだ。

情のない、と責められる視線にも、もう慣れている。表情一つ変えず罵倒《ばとう》を受け流すそんな時、自分の胸の中に、冷えて凝《こご》った硬質な塊があることを宙彦は思い知らされる。そんな自分を好ましいとは思えないし、変質を引き起こした原因は彼らだったが、それを今さら言ったところで詮無いと、諦めてもいた。

ただつらいのは、そんな自分を傍らの青年に知られてしまうことだった。

強くなった風に流される静かな雨が、室内の灯りに映えてカーテンのように揺らめいた。さらさらと揺らめくドレープのようなそれは、宙彦の心の動きによく似ていた。揺らすのは志朗で、その波形はやさしい流線を描いている。

餓鬼のように追い縋《すが》る、ただ奪おうとするものへの対処は覚えたけれど、その逆に与えてくるばかりの志朗には、なにを返せばいいのかわからない。

「だから、なんであんたがそんな顔するん？」

伏し目したまま口を噤《つぐ》んでしまった宙彦の頬に、志朗の指がそっと触れた。

「そんな顔って？」

ささやかな接触にうしろめたく跳ね上がった鼓動を気づかれまいと笑ってみせると、誤魔化すなと言うように志朗は真剣な瞳と声で宙彦に詰め寄った。

「なんで、自分が悪いような顔、してまうん？」

「……してないよ」

「しとるよ」

触れた先から、嫌なものが志朗に伝染《うつ》っていきそうで、宙彦は弱くかぶりを振って払おうとする。だが、強い指先はそれを許さなかった。

睨《にら》み合うような強い視線が絡《から》んだ後、負けを認めたのは宙彦の方だった。頬を捕らえられ上向かされたまま、目線を下に落として唇を噛《か》む。

「ストレートだね、きみは、いつも」

かなわないなと、また笑ってしまう。嫌な顔をしているだろうと、自分でもわかって、それを清廉《せいれん》な眼差しのもとにさらすのはつらかった。それでも、頬に触れた手のひらのぬくもりは快く、自分から払う勇気はないままについに瞳を閉じる。

「美琴《みこと》て言うねん、うちの妹」

長い沈黙の後、頬を捕らえた手を離し、志朗は口を開いた。彼の飄々《ひょうひょう》とした声がまったく関係のない話を始めたかに思われ、宙彦はそっと目を開く。

「年、六つ離れてて、ちっさい頃俺がよく面倒見たった。結構可愛いねんで、兄貴が言うのもあれやけど」

「ふうん」

僅かに開いた距離感に、理由のない苛立ちに似た寒さを覚え、宙彦は自分の肩をそっとさする。そんな彼を見ないままに、志朗は淡々と言葉を紡ぐ。

「でも、可愛いせいで、……幼稚園か、小学校上がったばっかりくらいかな。同じ組のガキに目ぇつけられて、いじめられよったんや、よく泣いて帰ってきた。そんで、そん時うちのおかんがよく、言うててん」

ふっと笑った気配に、宙彦も逸らしていた視線を戻す。

「なんて？」

もう一度片頬で笑った志朗は、宙彦の瞳を覗き込むように見つめながら言った。

「悪いことしてないんやったら、堂々としたったらええ。あんたが泣かんでええ。神様が見てる、て」

静かな声が誰に向けられたものなのかを悟り、宙彦はそっと息を呑んだ。

「ガキ、宥《なだ》めるための方便や。横で聞いとって、俺は馬鹿馬鹿しいて正直思った。けど、美琴はちゃうかってんな。頷いて、まじめな……神妙、いうのかな。そんな顔して聞きよって」

苦笑めいたものを浮かべた志朗は、当時の冷めた自分を思い出しているような、遠い目をしていた。ひどく大人びて映るそれから、宙彦は目を離せない。

「……そん時俺、思うたんや。美琴の世界には、神様がほんまにおるんやなあって。いつでも見ててくれる、絶対の味方がおるんやって」

言葉を切り、もう一度彼は宙彦を見つめた。

「なんでそんな話を、僕に？」

幼い妹の世界には、神様がいると言った青年は、少し照れくさそうに鼻の頭を掻いた。

「うーん……なんか、思い出したんや、あんた見てたら」

「妹さんを？」

やや複雑な心境をそのまま声に含ませると、いや、と志朗は首を振り、言った。

「そん時、なんか羨ましいて思った、自分を、かな」

小さな声で語られた、きれいなやさしい思い出話に、宙彦は胸が詰まった。

志朗の中でおそらく大事にしてきた思い出だろうそれを、そっと差し出すように目の前に広げられて、どうしていいのかわからなくなる。

強引かと思えば、こんなふうに不意打ちのようにいたわりをくれる志朗に比べて、本当に自分はやさしくないと、宙彦は切なくなる。

彼に与えられるさまざまなものへ、どうしたら報いることができるだろう。

いっそなにかを求めてくれれば、応えることもできるのに。どうすればいいのかわからないままに、まっすぐに見つめてくる視線がまだ自分の顔の上に留まっていることを肌で感じた。

「宙彦にも、神様おってもええんちゃうの」

「……いい年して？」

軽く流そうと答えたつもりの宙彦だったが、語尾は掠《かす》れて震えていた。年はこの際関係ない、と志朗が笑う。

そしてさらりと、こう言った。

「なんなら、俺が見たったるから。悪いことしてへんかって、ずっと」

「ばかな……」

宙彦は、真摯《しんし》なものを含んだそれを笑い飛ばそうとして失敗した。歪《ゆが》んだ顔を見せたくはなく、きつく目を瞑《つむ》り俯くと、囁《ささや》くような声が近くなる。

「触ってもええ?」

言葉と同時に伸びてきた指は、こめかみの辺りに触れ、緩く巻いた髪をそっと梳《す》いた。宥めるように何度も同じ動作を繰り返され、目元が熱くなる。

「……志朗」

声が震え、僅かに腰の引けた宙彦を志朗は許さなかった。

髪を撫でる手とは反対の腕で肩を抱かれ、切なさに胸が震えた。この感情がなにかはわからなかったが、額をつけた広い胸は暖かく心地よかった。

「離して」

「あかん」

語調はきついが、冷たくはなかった。むしろ、熱情を抑え込むようなその響きに、陶酔感さえ覚えてしまう。

触れた先から流れ込んでくるものに、心の奥にある冷たい塊が緩やかに溶かされていくような、やさしい人間になれるような気がして、身じろぐことさえできなかった。

このぬくもりを拒めるほどに宙彦は強くはなく、またすれてもいない。寂しさを埋める「誰か」の存在に確かに飢えていたのだと、認めたくなかった事実が目の前に現れた。

抱擁《ほうよう》は甘やかに肉の薄い身体《からだ》を取り巻いて、どこまでも宙彦にやさしい。それだというのに身体の奥に溢れる切なさはなお強く身を嘖《さいな》んで、なぜだ、と宙彦は思う。

「志朗、これは……違う」

これは普通じゃない。こんな種類の切なさは、かつて一度も味わったことはない。見知らぬ感情に怯え、宙彦は抱かれた背中を震わせる。

布越しにあてがわれた手のひらを、ひときわ強く意識する。志朗の指、その形が、なにもせずただそこにあるだけで呼吸を乱し、胸を苦しくさせた。早鐘を打つ心臓に、自分はどうしたのだろうと思う。

「だめだよ」

「なんでや？……いやか？」

嫌でないから困るのだとは、さすがに口にはできなかった。

離れたい。離さないで欲しい。惑乱の中で相反する気持ちがせめぎ合う。堪えるように深く息を吸うと、肺の奥がかすかに痛んだ。

あさましく求める人間の醜さを知るほどに、誰かになにかを求めることが怖くなった。自分もあんないじましい顔をする日が来ることを思うだけで、吐き気がした。執着という言葉が頭をよぎり、寒気さえ覚える。だというのに。

「だめだっ」

包むように触れるこの長い腕を、欲しいと思ってしまうのだ。

「だめやないやろ」

ささやかな欲さえ認めるのが怖い宙彦をわかっているかのように、志朗の腕は力を緩めない。

「宙彦」

名を呼ばれ、それでも頭を上げられないでいると、ひきつれた呼気を堪える首筋に手のひらがあてがわれた。ダイレクトな脈動が手のひらに押さえられた箇所で感じられ、ひどく高ぶった気分になる。

「宙彦」

もう一度呼びかけてくるその声音が、ひそめられて甘い。なぜかはわからないままに見上げた先、怖いほど真剣な顔の志朗がいた。その端整な顔立ちが、ふと見えなくなる。

「しろ……」

近づきすぎた距離のせいだと気づいたときには、唇にやわらかな感触があった。軽く触れたそれはすぐに離れ、またそっと押し当てられる。

瞳を見開いたまま、呆然と受け入れる宙彦を、志朗が強い腕で縛《いまし》めてくる。背中を抱かれ、逃げられない力に捕らえられて覚えたものは、官能的な眩暈《めまい》だった。

「ん……」

さらさらと雨の降る音が満ちる庭へ、熱く火照った息遣いと、時折漏れる掠れた声が織り交ぜられた。

次第に深くなるそれを拒むことも思いつかず、息苦しさと胸の切なさに巻かれた宙彦は、ぎこちなく相手の動きを真似た。

濡れた舌を同じもので触られる、その甘さを知ってしまった。思うばかりではなく、求められているのだと知ることのできる、痛いほどの抱擁が嬉しかった。

「なあ、だめやないやろ？」

なにかを乞うような志朗の囁きが、熱を高める。そこまできてようやく、志朗へ向けた宙彦のベクトルに、明確な名前がつけられる。

口づけに痺れた舌ではもう言葉を発することもできず、甘い敗北感を覚えながら、宙彦は瞳を閉じた。

志朗が自分を欲しがっている、ただそれだけで、気が遠くなりそうなほどに感じている。

（もう……）

だめになっても構わないとさえ思った。

降り続いている雨に冷たく濡れた頬に、暖かな手のひらが与えられ、綻《ほころ》びた唇へもう一度落とされる口づけに、縋るように懸命に応える。

雨宿りのようなそれは、静かな恋の始まりだった。

＊　ヘッドライト　＊

長い間絡み合っていた舌をほどくと、弾む息を隠すことさえできないのか、宙彦は胸を喘《あえ》がせて顔を伏せた。

甘く指にまつわる淡い色の髪を梳いてやると、そろりと窺うように視線を向けてくる。赤らんで潤んだ瞳が少し怯えているようで、志朗はたまらない気分になる。

キスの合間の息継ぎさえも満足にできないうぶな唇の持ち主は、志朗よりも八歳も年上である。とてもそうは思えないような幼い表情で、不安そうに次の動きを待っているのだ。

上気して火照る、なめらかで白い頬に指を添えると、男のものではないようにやわらかい肌をしていた。唇でそっと撫でると、熱のこもったため息を零し、細い腕を回してくる。

ためらう指に誘われるように、また唇が重なった。

やわらかいそれを幾度もついばむと、無意識なのか淡く色づいた唇が開かれていく。探る舌に驚いたように噤みかけたそこに強引に踏み込むと、宙彦の上げた小さな喉声が振動となって唇を伝わった。

口腔《こうこう》を探れば、抱きしめた細い背中がひくひくと震えている。薄目を開けて表情を窺えば、長い睫毛《まつげ》はかすかに震えていた。

「はっ……ふ、あふ……」

頬に手のひらを添えたまま息継ぎのために唇を離してやると、呼気につれてひどく扇情《せんじょう》的《てき》な声を漏らす。高く上擦ったそれは、普段の宙彦の落ち着いた声音を裏切るように甘い。羞《は》じらうように上目に見つめながら濡れた唇を拭う仕種がたまらなくて、志朗は思わず喉を鳴らした。

なめらかに白い頬、精緻《せいち》な人形のように細い鼻梁《びりょう》と、小さな唇。今さらながら志朗は感嘆した。きれいな顔だといつでも思っていたが、今この瞬間ほどそれを思い知ったことはない。けぶるような睫毛がゆったりと瞬くだけで、ぐらぐらと頭の芯が痺れてくるようだ。

そういえば結構に有名な美少年であったと岡島《おかじま》が言っていたことを思い出す。その頃の面影を強く残したままの宙彦は、年月によってその怜悧《れいり》さを失うこともなく、するりと余分なものだけがそぎ落とされたのだろう。

鮮やかに染まった頬を志朗の無骨な手のひらに預けたまま、無防備に、許した表情でいる宙彦は、今まで出会ったどんな女より美しかった。

こんなにもきれいな顔をしているのだと、初めて宙彦の顔を見たような気分で、頭ひとつ分低い位置にある八つ年上の友人を見つめ続けた。

もう、友人というには無理があるだろう。しっとりと色づいて濡れた唇を見つめ、志朗は思う。

「どうしてこんなこと？」

僅かに声がもつれているのは、きつく吸い上げてしまった舌のせいだろうか。なめらかで甘いそれに無我夢中になった余裕のなさが、今さらに気恥ずかしい。

問いかけには答えず、そっとその唇を拭《ぬぐ》ってやると、ひくりと震えながら息をついた。指の上を滑る吐息が艶めかしく、湿りを帯びた暖かい呼気に背中がぞくりとする。

「なんで……」

二度目の問いかけは、むしろ宙彦が自分自身に向けたもののようだった。ぼんやりとした声音に、彼の動揺が知れて、志朗は苦笑した。

「なんでやろ、な」

口づけは、むろん衝動や気の迷いなどではなかったけれど、好意を示す言葉を告げるのはどこか陳腐な気がして、志朗はそれだけを呟いた。ありきたりの台詞《せりふ》では、宙彦に向けた情を表すのにふさわしくない気もした。

志朗は実際、言葉はあまりうまくない。腕に閉じ込めた、痩せて、そのくせ抱き心地のいい不思議な身体に覚えているもの。それはひどく大事で、胸に迫る熱量の高い感情だが、口にすればどこか色あせてしまうような気がしたのだ。

言葉の代わりに、羽根の掠めるようなキスをひとつ贈って、強く宙彦を抱きしめる。身じろぎもせず腕の中に収まる彼が愛しいと、強く思った。

「嫌やないよな」

動揺が滲んでいるが、やわらかな表情で大人しく腕に収まる宙彦の態度に、彼が自分を受け入れてくれたことはわかっていた。それでもいくらか不安で問いかけた言葉に、小さく頷いてみせる。そして、無心な瞳を上げ、ぽつりと言った。

「もっとなにか、したいことはある？」

「え」

大胆な台詞に思わず焦る。少し腕を緩めて顔を覗き込むと、宙彦は真剣な目をしていた。

「なんでもいい。言ってくれたら、その通りにするから」

「なんでもって……」

宙彦の言葉に、志朗は面食らった。

「僕がきみに返せるもの、なにもないから」

「いや、宙彦、あんなぁ」

そういうことではないだろうと眉根を寄せるが、宙彦はいつになく食い下がる。まじめに言っているだろうからこそ色っぽさとはほど遠い台詞に、志朗はやや閉口する。志朗のそんな逡巡《しゅんじゅん》には気づかぬまま、宙彦はなおも言う。

「きみがこういうことを望むなら、それでいいんだ。ここに来てくれることの意味、どうしてなのか……考えなくて済むから」

かすかな声で言い、自分の言葉に納得していないように小さく首を振る宙彦は、志朗へとひたむきな視線を向けてくる。

「……宙彦？」

怪訝そうな声に、そうじゃないね、と宙彦は苦笑した。少し混乱した頭を整理するように、彼はふっと瞼《まぶた》を伏せる。

「そうじゃなくて……そういう、理由なんかホントはどうでもいいんだ」

まるで喘ぐように宙彦は何度も息を呑み込む。背中に回した腕を少し強めてやると、ようやくに彼は言葉を続けた。

「ただ、僕は今、すごく」

言葉を切り、見たこともないほどにやわらかな笑みを浮かべた宙彦は、広い胸に額をつける。

「嬉しい」

形よい耳朶《みみたぶ》が薄く染まっているのを見つけ、志朗は甘い痛みが指先まで走り抜けるのを感じた。

ぎこちない告白に、宙彦という人間は本当にあらゆる意味ですれていないのだなと、痛ましくさえなる。

そんな彼に「してみたいこと」はいくらでもあった。抱きしめてその唇に触れてみれば、ぼんやりとではあるが自覚していた艶めかしいものが、急速に具体的な欲求として熱を高めていく。

さほど遠くはない未来、この身体を志朗は手に入れるだろう。布地越しでなく、彼の体温を知るだろう。

熱を孕んだ欲はあるけれど、それ以上に愛おしく切ない気持ちが募《つの》って、抱擁に応えてくる指先に、けなげさを感じる。無言のままもう一度腕に力を込め、甘い色の髪に顔を埋めた。

宙彦の髪からは、雨の匂いと、淡い彼の香りがした。


名残《なごり》惜しく思いつつも、別れの時間は近づいた。志朗は明日も仕事があり、宙彦も挿し絵の締め切りがそろそろと近づいている。やらなければいけないこと、責任のある物事を互いにきちんとこなした上で触れ合うのでなければ、関係も人も腐っていくばかりだ。

めずらしく、バイクにまたがる志朗を見送るため、庭先まで宙彦はついていった。小糠雨《こぬかあめ》が降る中、傘もささずに見上げてくる彼の髪はいっそうやわらかな流線を描く。

風邪をひくから戻れと言うと、離れがたいのだと瞳が訴えてきた。こちらも同じで、性《しょう》懲《こ》りもなく首筋を捕らえて深く口づける。

「今度は？」

淡い吐息を混ぜた声音が、初めて志朗の次の訪れを問いかけてくる。小さな、だが確かな宙彦の意識の変化に、志朗はただ微笑んでみせた。

「明々後日、やな」

いい加減のっぴきならなくなりそうで、志朗は振り切るように「またな」と笑ってみせた。上気した頬を手の甲で軽くはたき、ヘルメットを被る。

見送る宙彦の視線を背中に受けたまま、走り出す。

弱くなった雨足は霧のように細かく、視界を妨げる。住宅地を抜け、まっすぐな道の続く国道に乗った。国道といってもこの辺りはまったく拓《ひら》けておらず、のどかな田園風景が広がっている。農地は個人の所有で、それを本業にしているというよりも、趣味のために作物を作っていると聞いた。三好の持つ個人菜園も、どこかにあるのだろう。

今はただ真っ暗な闇しか見えないけれど、昼間に見かけた時にはなすの取り入れの時季らしく、実を取られた後の畑は少し寂しげだった。新しい種を蒔こうというのか、黒々とした土を盛り上げた状態の畑もある。

雨の染み込む襟元が少し冷たく、首をすくめる。気を入れて運転に集中しなければ、と志朗は前を見据えた。

バイクに乗っている時、今までほかのことに気を取られたことはなかった。疾走感と車体からのバイブレーション、そして身体を切るような風に覚える快感だけが全てだった。

それだというのに今夜は、味わったばかりの宙彦の唇のことばかりが脳裏をよぎり、我ながら気恥ずかしく思う。

(これじゃまるで色惚けや)

冷たい小さな唇に触れた時、想像と少し違うと思った自分に志朗は鼻白《はなじろ》んだ。つまりは宙彦へ向けた情の所以《ゆえん》がなにであるのかを自覚する前から、センシュアルな部分でも彼を意識していたということに、今さらに気づいたからだった。

男の唇なんて、もっと硬い感触がすると思っていた。けれど実際には、あんなにもやわらかく頼りない感触がするのだと知り、軽く触れるつもりが歯止めがきかなくなってしまった。

誉められたことではないが、志朗は割合と早い時期に女性を知った。そのあとも間を空けることなく充実していたから、切羽詰まるような経験をあまりしたことがなかった。宙彦と知り合うまで、その状態は続いていたわけだが、夜遊びに出なくなり、庭いじりだ日曜大工だと結構な重労働を強いた身体はさすがに疲労を覚え、そちら方面のお誘いは断ってばかりだった。

これは自覚するより、案外にはまっているのかもしれないと人ごとのように志朗は思う。ひとりの人間のことをここまで考えるのも、初めてかもしれない。

大事にしたいとか、やさしくしてやりたいとか、そんな気持ちで胸が暖かく、また切なくなるのは、宙彦が初めてなのだ。口づけたい、触れたいと思うこの気持ちに名前をつけるなら、やはり恋だということになるのだろう。やけにすんなりとそう思って、志朗は苦笑する。同性であるとか、年が離れているとか、宙彦との今後には沢山のまずい要素があるはずなのに、それをまったく意に介さない自分がいるからだ。

ずっと見ていてやると言った気持ちは本物だった。凄い台詞だと我ながら思ったが、幾分照れはしても撤回するつもりは更々ない。「嬉しい」と呟いた宙彦の声に、応えてやれるほどの気持ちを持ち合わせていたいと思う。

自分の本気が少し怖いような気もするが、悪い気分ではなかった。腕に残る細い身体の感触は、ゆったりと志朗を幸せな気分にした。

返せるものがないと宙彦は言ったが、そんなことはなかった。今のこの幸福感と、穏やかに凪《な》いだ、どこまでも人にやさしくなれるそんな気持ちを志朗に覚えさせたのは、宙彦なのだから。

対向車もほとんどない道、志朗のバイクのランプが照らす箇所が丸く浮き上がる。道はどこまでもまっすぐで、相変わらず一台の車も見かけない。

そして、気を入れなければと思った端から宙彦のことを思う自分に呆れるような気持ちになった。やはりこれは色惚けか。内心でひとりごち、ふと笑いが漏れた、その瞬間。

暗闇の中から飛び出してきた小さな白い物体が、志朗の視界を横切った。

「——……!!」

喉奥で上がりかけた悲鳴をこらえ、反射的にハンドルを切る。逃げていったのは猫のようだと考えたその時、タイヤの軋む音さえなく、車体がずるりと滑った。

(しまった……!)

立て直すには遅く、スライドするバイクを止められない。まずいと思った瞬間には、もう手の施しようもないまま、身体にGがかかる。

膝頭に熱を感じて、路面に接触したことを知った。摩擦に皮膚が焼けたのだろう。

冷や汗が伝い、このままでは車体と共にクラッシュしてしまうと、恐ろしいほどの緊張感を覚える身体が強ばった。

凄まじい勢いで脳が記憶のページを捲《めく》る。出会った人々の顔が次々と現れて、もういない親友の最後の顔が浮かんだ瞬間、喉が破れるような悲鳴が唇からほとばしった。

(いやや。死にたない!)

シニタクナイシニタクナイシニタクナイシニタクナイ!

叫びながら、そして浮かぶのは唇しか知らない恋人の、初めて見た笑顔だった。

あの人を、もう一度、この腕にするまで。

「死んでっ……」

とっさに、志朗はもうコントロールのきかないハンドルから指を離した。

「たまるかぁっ!!」

宙に浮いた身体は闇に溶けていくようだと、はじき飛ばされた瞬間に、志朗はそれだけを思った。

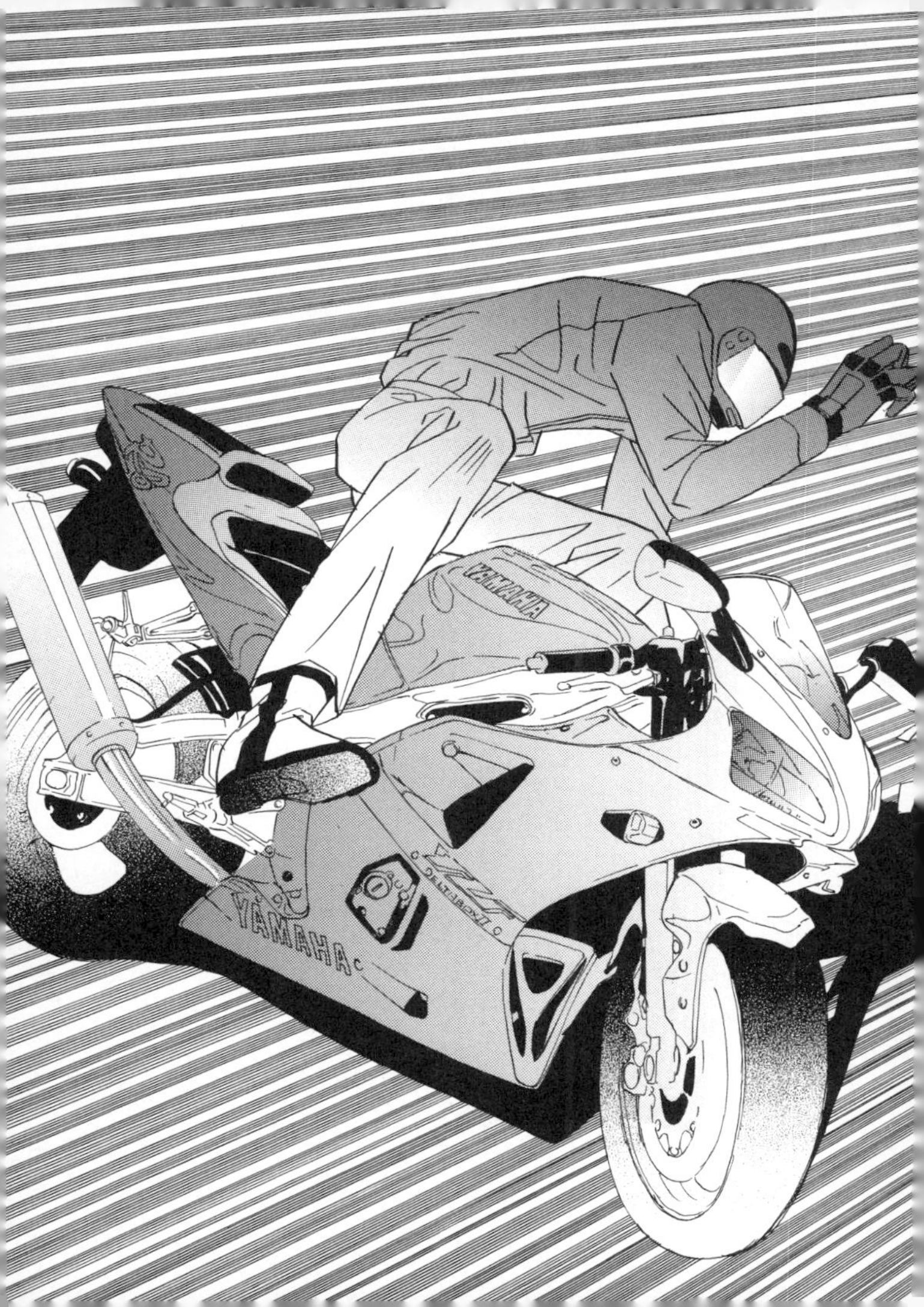
YAMAHA
YAMAHA

この日は午後を過ぎても、窓の外から聞こえる雨の音はいっこうに収まる気配がなかった。週の半ば、やけに冷え込みは厳しく、少し早いけれどと三好はセーターを出してよこしたほどだ。

＊　涙　＊

潰して粉にしたソフトパステル、さまざまな色を塗り込めていた手を止め、汚れた指先を軽く払う。作業に集中していたのと天候のせいで宙彦の薄い肩のあたりは冷たく凝り、痛みを覚えるほどだ。そこを汚れのない左の手指で揉みほぐしながら、パステルの粉を吹き飛ばさぬよう横を向いて、宙彦は陰鬱《いんうつ》なため息を零した。

志朗が、来ない。

彼との口づけを知ったあの夜から、もう一週間が経とうとしていた。その間、電話の一本もかかってはこない。今まで、こんなことはなかった。なにがしかの理由で宙彦のもとへ来ることができない場合は、特に約束がなくとも連絡をよこすのが志朗の常だったのだ。

『めずらしいですねえ、志朗さんが』

三好も怪訝そうに首を傾《かし》げていた。心配げな彼女のためにもこちらから確認の連絡をすればいいのはわかっていたが、できなかった。

(恥ずかしいよな)

果たされなかった約束の当日は、そんなことを考えて「明日にも連絡があるよ」と三好に答えた。志朗のぬくもりを知った身体は、いまだに微熱のような火照りを引きずる。そんな状態で自分から志朗にコンタクトを取るのは、なんだかねだりがましくて恥ずかしかったのだ。

口づけを知る以前であれば「なにかあったのか」とすんなり訊ねることもできたろうけれど。

そんなことを思いながら、無意識に指先で唇を辿る自分に気づき、宙彦はひとり、赤くなった。

肩を捕らえた手のひらの大きさや、唇を掠めた吐息混じりの声。そんなものが日を経《へ》てもなお鮮明で、感覚を揺さぶったままなのだ。声を聞いて平静でいられる自信はなかった。

(今だって、平気ではいられないだろうけど)

ふう、ともう一度吐息をついて、デスクチェアに腰掛けたまま宙彦はだらりと背もたれに背中を預ける。

しかしそれが二日経ち、四日を越える頃になると、別の理由で志朗へ問いただすことができなくなってきた。

浮かれたような熱が徐々に落ち着くにつれ、不安が芽生えた。

疑うわけではないけれど、もしも冷静になった彼が、あれはその場の雰囲気に流されただけだとか、気の迷いだったとか言い出しても、宙彦にはそれを咎めることなどできないのだ。

疑心暗鬼というより、それは至極まっとうな恐れであっただろう。

そしてついに、彼の声を聞くこともないままに一週間が過ぎてしまった。膨れ上がった不安感は重く宙彦にのしかかり、窓の外に見える曇天《どんてん》のように表情は冴えない。

(やっぱり、嫌になったんだろうか)

まともな関係ではない。それは痛いほどにわかっている。ほとんど隠遁《いんとん》したかのような生活を送っている宙彦とは違い、志朗は若く未来ある青年だ。わざわざ自分なんかの相手をしなくとも、十二分に引く手あまたに違いない。

罪悪感のような、後ろめたいような気持ちと、それに後押しされる少し淫らな熱が混沌と細い身体を取り巻いては噴む。忘れるために仕事に打ち込んでも、ふとした瞬間には口の中を撫でていった肉厚の舌のことばかり考えてしまう。

ずいぶんともの慣れた口づけだったように感じた。唇も、抱擁も、志朗のそれしか知らない自分に比べられるものはなかったが、ああいうのを「うまい」というのではないかと宙彦は思った。

生き物のように蠢《うごめ》いた志朗のそれは熱くて生々しく、僅かに煙草の味がした。苦みがあったが、そんなものは深く探られた酩酊感《めいていかん》に紛れてしまった。

舌を絡めるほどの口づけは、身体の内部を触れ合わせる行為にほかならない。肌の上を掠る他人の体温は、スキンシップに慣れない宙彦には時に不快さを覚えさせるというのに、志朗には一度としてそれを感じたことがなかった。

出会いの時、倒れかけた自分を支えた腕に、心底安堵《あんど》したせいもある。志朗の腕は宙彦に害を加えることはないと、意識よりも身体が憶えたのだろう。誰にも触れられないよう生きてきた宙彦に、あのやさしい感触に溺れるなという方が無理な話だった。

だが、いかにもぎこちない宙彦の受け止め方を、志朗はどう思ったのか。ふと思って、顔から火が出るような気分になる。

(ばかみたいだ)

いくら色恋沙汰の経験がないにしろ、いい年をして、好きな男のことを考えてはうろたえ、不安になったりして。そんな自分が滑稽で、あさましくて悲しくなる。

ぐらぐらと感情が揺れて、わけもなく泣きそうになる。そんなみっともない自分は初めてで、どうしていいのやらさっぱりわからない。

涙など、もう何年も流していないのに。十三年前、家族を失ってさえ泣くこともできなかったあの時から、宙彦の涙は止まったままだった。

熱を孕む目元を押さえ、宙彦はもう何度目かしれないため息をついた。こんなふうにみっともない自分を、それでもなぜか嫌いだとは思えなかった。

無論、そんなふうに自分を変えてしまった、志朗のことも。

だからこそ、連絡がないのが怖い。無防備な心のまま、あの長い腕の中にくるまれる安堵を知ってしまっただけに、動揺も落胆も激しい。

こんな種類の怖さには免疫がなくて、日々打ちのめされていくようで、宙彦にはつらかった。


「……失礼します、ぼっちゃま」

廊下からの声にはっとなり、ぼんやりと物思いに耽《ふけ》っていた宙彦は慌てて居住まいを正した。からりと引き戸を開けた三好が、お茶を運んできてくれる。

「お仕事、いかがです？」

「うん、まあ」

気遣いの声に、淹《い》れたばかりの熱い煎茶《せんちゃ》をすすりながら俯いて答える。なにもやましいことはないのだが、惚けた顔を見られるのが恥ずかしかった。

「なに？」

常であれば、こうしてお茶を渡した後には早々に部屋を退がる彼女だが、今日はなんだかもの問いたげに、盆を抱えてたたずんでいる。訊《たず》ねてみると、「志朗さんから連絡はありましたか」と三好は言った。

「昨日？　ううん、なかったよ」

返答に間があった宙彦に気づかず、彼女はそうですか、と吐息混じりに言った。

「なにかあったのかしら……」

「さあね」と答えながら、なぜだか嫌な予感がした。悪寒《おかん》にも似た胸にのしかかる不安が、気遣わしげな彼女の言葉によって増幅された気分だった。

そして、計ったようなタイミングで、居間にある電話のベルが鳴り響き、宙彦はぎくりとする。仕事用に使うファックスを繋《つな》いではあるものの、この家にある電話は旧式の黒電話で、音はずいぶんと大きい。

「志朗さんかしらね？」

一瞬宙彦を振り向いた三好は顔を綻ばせたが、宙彦はなぜかそのベルの音に、先ほど覚えた理由のない悪寒がひどくなるのを感じていた。

「はい、槙原《まきはら》でございます……え、岡島さん、まあどうも……え？」

応対していた三好が、程なく、悲鳴じみた声で宙彦の名を呼ぶ。

まろぶように小走りに戻ってきた彼女は、わななく声で言った。

「志朗さんが……！」

告げられた言葉が信じられず、「嘘だろう」と呟く宙彦の声は虚ろに掠れていた。

雨足はいよいよ激しくなり、宙彦の部屋の窓へ打ちつける。波の音に似たそれを聞きながら、宙彦は呆然と立ちつくしていた。


連絡は、岡島からのものだったらしい。告げられた病院名とその場所を、驚きながらも取り乱さず聞き出していた三好は、すぐにタクシーを呼んでくれた。

「いや、いいよ、車で行くから」

ぼんやりと虚ろな宙彦は、現状がよくわかっていないような表情でそんなことを言った。

宙彦の言葉に一瞬眉を顰めた彼女は、「まだそれは修理中でしょう？」とたしなめながら、色を失った細い面差《おもざ》しを厳しい顔で見上げる。静かに、だが激しく動揺したままの、孫のような青年を見て、彼女自身はパニックから立ち直ったようだった。

「しゃんとなさって下さいな！　いいですか、お気をしっかり持って！」

部屋着から着替えさせ、タクシーにその細い身体を押し込みながら、運転手に行き先を告げたのも、前払いで料金を渡したのも三好だった。

お気をつけて、と告げた三好を振り返ることもできぬまま、タクシーの後部座席で呆然と宙彦は目を見開いていた。

『詳《くわ》しいことはおっしゃいませんでしたけど、先週の雨の日にバイクに乗っていて事故にあったそうで』

頭の中を、三好に聞かされた言葉が回る。

『意識がなかったそうで、お身内の方に連絡がいったのが昨日だと』

意識がなくなるほど、ひどい怪我をしたのだろうか。今はどうなのだろうか。いったいどこを傷つけたのだろう。

命に別状はないんだろうか。後遺症はどうだろう?

嫌な想像ばかりが頭を巡って、指先が冷たくなるほどに血が下がっていく。

「志朗……っ!」

押し殺した、吐息だけの呻《うめ》きが宙彦の薄い唇から漏れる。

『宙彦にも、神様おってもええんちゃうの』

やさしい声が甦《よみがえ》り、震える息を零しながら強く願う。

もしも、神がいるのなら、どうか彼を。

志朗を助けてくれ。

(僕は、もうどうなったって構わないから!)

どうか彼を、これ以上ないほどの大事な人を、この手から奪わないで。

かたかたと指先が震えて、組み合わせた手が白くなるほどに力を込めた。祈りに似た形に組まれたそれに額をつけ、どうか志朗が無事であるようにとばかりを思った。

行き先が病院であるためか、運転手はちらりと気遣うような視線をバックミラー越しに投げただけで、一言も言葉をかけては来なかった。

降りはいよいよ激しくなり、ワイパーをせわしなく動かす音だけが車内に響き渡る。

病院までの道のりは、実際には三十分ほどだったけれど、宙彦にはまるで永遠に志朗の場所へと辿り着かないかのように思えた。

傘がないことにも気づかず、駐車場に入った途端に焦るように車から降りた宙彦の背中に、タクシーの運転手は「気をつけて」と声をかけてきた。

「お客さんの方が病人みたいだ、倒れなさんな？」

初老の男の嗄《しわが》れた声はやけに胸に染みて、頼りなく幼い表情を浮かべたまま宙彦は小さく頷き、雨にけぶる病院の中へと駆け込んでいった。

「初診ですか？」

受付に近づくなり、宙彦の蒼白な顔色を勘違いした女性はそっとやわらかい声をかけてきた。

「違います」と、答える声は震えていて、宇多田《うただ》志朗の見舞いだと告げると、入院患者のリストを調べてくれた女性は、「５０３号室ですね」と答える。見舞客の沈鬱な表情に慣れているだろう彼女は、暖かい笑みで廊下奥のエレベーターを教えてくれた。

涙目になりながら頷いた宙彦に、「しっかりなさってくださいね」と宙彦よりひとつふたつ上に感じられる女性は声をかけてくる。名前も知らない人々の情が胸に染みて、泣けてきそうだった。

志朗のいる病室は、いくつか並んだ個室のうちのひとつのようだった。そんなに悪いのか、と絶望的な気分になりながらよろめく足を進めると、ほどなく「503号室」というプレートのかかったドアの前に辿り着く。面会謝絶の札はなく、それだけで僅かに救われた気分になった。

耳鳴りがするほどに鼓動が膨れ上がり、貧血を起こしそうになる。何度も深呼吸をして、細かに震える指でドアをノックした。

知らない声が「どうぞ」と答え、宙彦はその声音がひどく軽快であることに気づけぬままドアを開けた。

「このあほうっ、ワレ、やめんかいっ！」

病室に入るなり聞こえてきたのは、あまりにも元気のいい、志朗の笑み含んだ罵倒の声だった。ベッドの周りを取り囲んだ人々から、どっと笑い声が上がり、宙彦は状況が呑み込めずに目を見開く。

「うわ、もう、バカ！……あ、いらっしゃい」

息が切れるほど笑いながら振り返ったのは、見知らぬ青年だった。

目の前の光景が信じられずに呆然と立ちすくんだ宙彦を見て、彼はにっこりと笑った。

「聖《ひじり》」と呼ばれているその青年と宙彦は初めて会う筈だったが、親しげな雰囲気で手招いてくる。その他の、作業ツナギを着ているメンツや岡島も、口々に声をかけてきた。

「こっち、どうぞ」

立ちすくんだままの宙彦に不審な表情を見せず、聖はそっと背中を押し、窓際にあるベッドの方へと導いた。志朗を取り囲んでいた面々は、なにも言わないまま宙彦へと場所を譲る。

「よう」

ようやく目にした志朗は、いつものようにけろりとした表情で片手を上げてみせた。

「事故……って」

そのあまりのてらいのなさにまた貧血を起こしそうになりながら、それだけを宙彦は呟いた。

「あ、うん、ドジった。雨でな、タイヤが滑ってもうて」

「意識ないって……」

「足折って動けへんくなってなあ、一晩そこにおったもんやから、ちっと熱出してもうて」

ははは、と頭を掻いてみせた志朗は失敗談を気恥ずかしげに語る。顔色をなくしたまま、まだ立ち直れないでいる宙彦に、仕事仲間のひとりがにやにやと笑いながら言った。

「こいつね、畑の溝にはまって抜けらんなかったらしいんすよ！　そんで足折って熱出して、見つけてくれたのは近所の農家のおばちゃんだって！」

「じーさんばーさんに、土の中からこのガタイ引きずり出してもらって、エライ騒ぎだったらしいっすよー」

「間抜けすぎる！」とみんなはまた笑って、志朗はうるさげに眉を顰めた。

「おまえらがそないやかましいから、こっち移されたんやろうが！」

怪我も大したことがなく、昨日までは大部屋にいた志朗だったが、引きも切らず見舞客が訪れるとその騒々しさに同室の入院患者たちから抗議の声が出て、他の入院患者のいないこの病室に今朝方移動させられたのだそうだ。

その長い足にはめられたギプスには、太く黒いマジックで「バカ」「まぬけ」などという、からかいの言葉が落書きされていて、ああこれをさっき怒っていたのかと宙彦は惚けた頭で考えた。

（よかった）

若いから、骨折ならばそれほど時間はかからず治るだろう。後遺症もないだろう。

ベッドの脇にたたずみ、熱ももう引いたらしく、むしろ血色のいい志朗の顔を眺めていると、不意にそれがくにゃりと歪んだ。

「そらひ、こ？」

見上げてくる志朗の表情から、笑いが消える。なぜだろうと思っていると、真っ白なシーツの上にぱたぱたと小さな音を立てて落ちるものがあった。そんな些細な物音さえ聞こえるほどに、賑やかだった病室は静まり返っていた。

「宙彦？」

「うん……？」

心配げな志朗の声に答えた自分のそれはくぐもっている。静かに微笑んでみせた宙彦の頬へ、長い指が伸びた。そっと親指に擦られたそこが濡れていることに気がついて、宙彦は不思議に思う。

この暖かい水はなんだろう。

コレハ、ナンダロウ。

「こいつに連絡したん、誰？」

頬を拭う指と、宙彦へ向けられる眼差しはやさしいのに、硬く尖った声を志朗は出した。きついそれにいっこうに堪《こた》えた様子もなく「はあい」と手を挙げたのは聖だった。

「なに言ったんだ、おまえよ」

焦った声で問いかけ、岡島は聖を肘《ひじ》でつついた。

「別に？　単に事実だけ。事故って、意識なくって、昨日連絡あったから、お知らせしますって」

あまりに端的すぎる言葉は、不安を煽《あお》るに充分すぎると岡島は呻いた。

「おま……そりゃ、そうだけどよ」

手続きほかを請け負っていたため、聖に連絡を任せたのは間違いだったと岡島は目元を覆って天を仰ぐ。けろりとした聖は素知らぬ顔だが、そのきれいな二重の瞳は面白そうに成り行きを見守っていた。

そんな聖をじろりと睨《ね》めつけた後、志朗は宙彦の頬に手のひらを添える。

「悪かったな、約束、破ってもうて」

無言でかぶりを振ると、はらはらとまた水滴が零れた。

「すぐ治る。心配せんでもええから」

「……っく」

名を呼ぼうと唇を開くと、情けなくしゃくり上げるような音が漏れた。恥ずかしくてまた唇を噛みしめると、もううまく立っていられずに志朗の肩へと寄りかかってしまう。

「髪、濡れとるな。傘忘れたんか。驚かしたな、ほんまに、すまんかった……ごめんな」

髪を撫でられ、また「ごめん」と囁かれて、いよいよ涙は止まらなくなった。

震える背中や雨に湿った髪を、何度もやさしく宥められ、声を上げてしまいそうになるのを宙彦は必死で堪える。

「……ちょっと」

ただならぬ雰囲気のふたりを呆然と見守っていた岡島は、袖を引かれる感触に振り向いた。

「聖、あの、こりゃあ」

「今はいいから、出よ。ほら、おまえらも。ちんたらすんなっつの！」

小声ながら有無を言わせない口調の聖が、その場にいる全員をせき立てた。

「え、あの、えっと」

「あ、はいはい、出ます」

尻を蹴り上げんばかりの聖の剣幕に、状況を理解している者、そうでない者と反応はまちまちながら、ぞろぞろとその場を後にする。最後に聖が軽く、宙彦の背中を親しげに二度ほど叩いてみせて、病室にはふたりだけが残された。

ドアの閉じる音がしても、人前であまりに恥ずかしいものをさらしてしまった宙彦は、羞恥も相まってしばらく顔を上げられなかった。

「僕、も、帰る……」

ようやくに絞り出した声は情けないほどに震えていて、けれど志朗の肩がそれを吸い取ってしまう。

「まだ、ええよ」

離れようとする肩を、強い腕が引き留めた。勢い、ベッドの上に引っ張り上げられ、広い胸に覆い被さるようになった体勢に、宙彦は濡れた頬を紅潮させる。

「だって、みんな」

「気ィきかせてくれたんやろ。ええて」

恥じ入る宙彦と対照的に、志朗の口からはそんな言葉がしらっと言い放たれる。まだ涙が収まらぬままの震える唇に、志朗のそれが押し当てられた。性急に忍んでくる舌先に、とんでもないと宙彦は身をよじるが、許してはもらえない。

「ま、ちょっと……ん！」

首筋を捕らえられ、濡れた舌が絡んだ。高ぶった感情は容易に官能へと結びつき、甘ったるい喘ぎが喉の奥でこもって苦しい。

「んう、……ふ……っ」

さんざんに吸われ、舐め回されて、志朗がようやく満足の息をつく。解放される頃には唇はひりひりと赤くなっていて、指で撫でられただけで過敏な反応を示した。

「……足だけ？　どこも、ほかは、怪我してない？」

弾む息を抑えながら、少し幼い口調になった宙彦が訊ねると、志朗は苦笑して頷いた。唐突に甘えたい気分が込み上げて、その頬に頬を擦り寄せ、よかった、と宙彦は吐息をつく。

「怒ってへんの？」

しっかりと背中を抱きしめた志朗が訊ねてきて、宙彦は「なぜ」と問い返す。

「どうして、僕が怒るの」

心底不思議で問いかけると、志朗は指を折ってみせる。

「心配かけた、約束破った、泣かせた。充分やん？」

上目に窺ってくる彼が可笑《おか》しくて、宙彦は泣き濡れたまま小さく吹き出した。

「怒って欲しい？」

「んー……それは、ない」

「怒らないよ。そんなこと、できないよ……」

その笑みを見上げる志朗の目は眩しそうに眇《すが》められている。

「でも、お願いだから気をつけて。僕の方が死ぬかと思った」

宙彦が呟くと、神妙な顔で志朗は頷いた。

その精悍な頬を両手に包んでみると、やはり少しかさついた感じがする。平気な顔を見せているけれど、本当に熱もひどかったのだろう。

そう思えばまた胸に込み上げてくるものがあって、喉を詰まらせながら宙彦は告げる。

「志朗になにかあったら、もう……だめになるって……っ」

自分の頬に添えられた両の手首を取り、志朗がじっと覗き込んでくる。

泣き笑う自分が情けない表情であるのは自覚していたが、取り繕うこともしたくない。

鬱々《うつうつ》とした時間など取るに足らないことだ。手前勝手な不安も、世間体も、志朗に触れられる今のこの幸福に比べたら、些細なことに過ぎない気がする。

「よかった、ほんとに……生きてて……」

語尾はまた志朗の唇に溶け、絡みついてくる舌先を宙彦も懸命に吸った。今までで一番熱っぽい口づけに、甘い喉声が漏れた。背中や腰の辺りを大きな手のひらに撫でられ、その度に震える舌が深い陶酔に濡れていく。

タクシーの中、祈り続けた神の存在を、生まれて初めて信じられた。そう思いながら唇を触れ合わせ、病室でするにはいささかいきすぎた行為かも知れなかったが、不埒《ふらち》だなどとは思わなかった。


宙彦の唇が痛むほどになった頃、ようやく口づけをほどいた志朗は真剣な声で「なあ」と言った。

「怪我、治ったら、してもええ?」

「……なにを?」

まっすぐに見つめてくる眼差しを受け止め、まだ少ししゃくり上げながら、宙彦は問い返す。ごくまじめな表情のままで、志朗はとんでもないことを言った。

「セックス」

「宙彦……」

宙彦は、一瞬頭が真っ白になる。

「な――？」

ついで、音がするのではないかというほどに派手に顔を赤らめた。笑いもないままの志朗は、逃さないというような視線でたたみかけてくる。

「やらせて。宙彦。やりたい」

「え、え……？」

直裁《ちょくせつ》な台詞に即答できず、思わず腰の引けた宙彦の肩を強い力が引き留める。

「なんでもええ、て、こないだ言うたやんか」

「い……言った、けど」

いいけれども、決して嫌ではないけれども。しかしそんな一足飛びに。

顔中を赤く染めたまま口ごもった宙彦を志朗は強く抱き寄せ、縛める。

「志朗っ」

抗議の声は、強引な口づけに封じられる。舌が蕩《とろ》けるのではないかというほどのそれに身じろげば、乗り上がった逞しい腰の辺りの明らかな変化に気づいてしまい、宙彦は死にそうに恥ずかしくなった。

「あかん？　いやか？」

濡れた吐息で耳元をくすぐりながら、含み笑ってそんなことを言う。ゆったりとした動作ではあるけれど、腰を探る手のひらと指先の微妙な動きが艶めかしくて、宙彦は唇を嚙みしめる。

恥ずかしいけれど、困るけれども、嫌であるはずが――なかった。

ばか、と小さく呟いた宙彦は、おずおずと顔を上げ、消え入りそうな声で言った。

「早く、治せ」

そして、喜色を浮かべた志朗の顔を見ることもできぬまま、その熱い肩に額を擦りつけ、甘えるように目を閉じたのだ。

＊　もう一つの過去　＊

宙彦が真っ赤な顔のまま帰っていった後、しばらくして病室のドアを開いたのは聖だった。

「よう。愛の語らいは終わったか」

「おかげさんで」

いらぬことを言って宙彦を死ぬほど心配させてくれた先輩に、志朗の顔は苦々しい。

「んな顔すんなって。アクシデントも恋愛のスパイスよ」

しゃあしゃあと言い放つ聖に、志朗はけっと吐き捨てる。

「面白がってるだけでしょうが」

「うん」

反省の色もない聖には、もはやなにをすら言う気も起こらず、志朗は深く息をついた。

「いやしかし、槇原さん美人だね！　驚いた。おまえの好みが服着て歩いてるって感じ」

男に美人という表現はどうだろうと志朗は内心思ったが、あながち否定もできないので黙っていることにする。聖のやや常人とは違う感性には、今さら慣れっこなせいもある。

「おまけに、あんな顔して泣いてるんだもんな。たまんねえだろ。勃《た》っちまわなかった？」

顔に似合わない下品な台詞を投げつけ、聖は爽やかに笑った。これはもはや暴力だと、志朗はげんなりとした顔で質問を無視する。

「ほかのみんなは？」

「ああ、仕事に戻った。目ん玉白黒させてたよ、聖司《さとし》さんなんか」

ふうん、と思うところもなく言った志朗に、聖は猫のような瞳を眇めてみせる。

「大胆だよなあ。まずいとか、思わねえの？」

「なにが」

聖が言いたいことはわかっていたが、あえて訊ねてみる。

「ホモだって言われるぜ？」

「ほんまのことやから、しゃあないやん」

ほんの少しだけ苦いものを覗かせた聖の怜悧な顔をまっすぐに見つめ、志朗も苦笑した。

確かに今まで同性にその気になったことはなかったが、宙彦に具体的な欲望を覚えてしまった今となっては自分にも素養《そよう》があったのだと認める以外ないだろう。

「あれが特別、っちゅうのはほんまの話やけど、端から見ればそんなん言い訳にしかならんやろ。それでなんやかんや言われるのは大きな世話やけどな。ま、しゃあないわ」

「……悟ってんね、相変わらず」

年齢からするとずいぶんと肝の据わっている志朗を、羨ましげに聖は眺めた。付き合った男の及び腰のせいでいくつかの修羅場を経験した彼は、少し遠い目をした後にまた快活に笑ってみせる。

「聖司さんはまあ、俺で慣れてるだろうし、心配ねえだろ。ま、なんか相談があったらまじめに聞くからさ。言ってくれな」

経験者は語っちゃうぜ、とふざけた聖に、ごくまじめな顔をして志朗は言った。

「あのな、……早速やけど、聞きたいこと、あんねんけど」

「ん？　ナニナニ？」

「こういう場合のエッチて、なんか手順あるん？　どないしたらうまくいく？」

至って真剣な志朗の表情に聖は一瞬目を瞠《みは》った。色事の相談にしてはあまりにその声は真摯で、茶化すこともできなかった。

「あいつ、多分なんもかんも初めてやから、嫌なことしたないねん。なあ、どうしたらええ？」

志朗の顔を見つめながら、笑いをおさめた聖は少し硬い声で呟くように言う。

「おまえ、ホントにやりてえの？」

「うん」

「胸、ねえよ？　あれも、ついてるぜ？　それでもいいわけ？　裸に剝《む》いた後やっぱできねえってのも、ありかもしんないぜ？」

心配げな声に、もしかすればそれは聖の経験かとも思ったが、あえて問わずに「それはない」と志朗は言った。

「そんなん、もうわかっとることやん。さっき、ちょこっと触ったし」

口づけの合間に服の上からではあったが宙彦の薄い胸を撫でてみて、興奮している自分を志朗は知った。小さな隆起を掠ると宙彦の濡れた瞳が揺らめいて、引き返せないような感覚を必死で堪えたほどだった。触れ合った下肢の熱さにくらくらとなって思わず手を伸ばしたが、病院でさすがにそれはと暴れた宙彦に阻止されてしまった。

ためらう要素があるとすれば、服の上からでさえ骨格がわかるほどの肉の薄い宙彦の身体を、たがが外れた自分が傷つけはしまいかということだけだ。

「触った、って……手が早えのは変わんねえってことか、まったく」

呆れたように言いながらも、聖の視線は暖かかった。

「マジなんだ、志朗」

「ああ」

頷いた青年は、一人前の男の顔をしている。

感慨深げにしばしそれを眺めた後、もうよけいなことは言うまいと思ったのか、聖は淡々と自らが得た知識と経験に基づいてのレクチャーを始めたのだった。

単純骨折は治りが早い。全治三週間と診断されたものの、志朗は二週間で退院できるまでになった。その間、宙彦には見舞いに来るなと言った。

電話の向こうで彼はいかにも落胆したような声を出したが、「ふたりきりだとなにするかわからん」と志朗がまじめに言うと、沈黙した後に受話器をとり落とすような音が聞こえた。

最近の宙彦は本当に落ち着きがなく、言葉もしょっちゅうどもる。冷静で穏やかだった彼がまるで子供になったかのようにおろおろとする様はかなり笑えたが、あきれるどころかそれ以上に志朗の愛情は深まった。

電話を代わった三好が「最近のぼっちゃまはどうもおかしい」と笑いながら、志朗がいないせいだろうとあっさり言うもので、今度は志朗がうろたえる羽目になったけれども。

二日に一度は顔を出した岡島は、例の一件にはまったく触れず、いつも通りの顔をしていた。聖にはああ言ったが、内心苦いものも覚えていた志朗はそのことにほっとさせられる。

「家の人、来たか？」

秋晴れの昼下がり、自分で持ってきたリンゴを齧《かじ》りながら岡島がそう訊ねてくるのに、志朗は苦笑して首を振る。

「大したこともないし、ま、来てもなにするでもないから」

折り合いのあまりよくない両親に対する、あっさりとした志朗の反応を、どこか痛ましげな瞳で上司は眺める。

「美琴《みこと》は来たいって言うたらしいんですけどね。試験中らしいから、来んでええて言いました」

「そうか」

むしろ宥めるようにそう続けた志朗に、ふう、と彼は吐息をつく。

「慎太郎《しんたろう》、元気ですか」

「ああ。今度連れてくる」

言葉が続かず、微妙な間が居心地悪い。志朗も岡島も、宙彦の件についてできる限り避けようとしているのがありありとわかっているからこそ、常になく歯切れの悪い会話が続いた。

それじゃあ戻る、と腰を上げた岡島にどこかほっとしながら「皆によろしく」と志朗は言った。

しかし。

「あのよう。槇原のことだけどよ」

去り際、やはり引っかかっていたのか、ドアの前で振り向いた岡島はそう切り出した。

「おまえらがいいってんなら、俺は別になんも、言う気はないけど……その、なんだよ。あれだ」

「なんやねんて。なにが、言いたいんです？」

もごもごと口ごもる岡島に、内心肝を冷やしながら志朗は苦笑する。その笑いには乗らないまま、瞳を眇めた岡島は、静かな声で言った。

「俺よか聖の方が適任かもしれねえけどよ。ああしたことは。ま、なんかあったら、話くらいは聞いてやっからよ。思い詰めたり、すんなよ」

深い眼差しとその言葉に、志朗はなにも返せず、ただ頷いてみせる。

「そんだけだ。じゃ、な」

「はい」

ぱたり、と閉ざされたドアに向かって、志朗は重い息を吐き出す。ひとりになった病室で、どっとのしかかった疲労感にうんざりした。

岡島の心配げな言葉を取り越し苦労だと笑ってしまうほどには、実際には思いきれていないことを、今さらに自覚する。

口ではああ言っていたものの複雑そうな表情に、岡島の心境がよく現れていた。宙彦との最初の結びつきを後押ししたのが自分だっただけに、胸中はいろいろなものがせめぎ合っているのだろう。

聖についてはもう諦めているようだが、もとより岡島はどこか古いタイプの人間だ。こういう形の恋愛に対し、寛容であるとは言いがたい。それだけに、彼の見せた精一杯の譲歩に胸が詰まる。

けれど、心労をかけたであろうことにはすまないとは思いつつも、いっそ触れずにいて欲しかったと思うのは志朗のわがままだろうか。

同性同士のそれは、世間から認められていないだけではなく、さまざまにデリケートで難しいのだと聖も言っていた。

『あっちは親兄弟もないし、サラリーマンとも違うから、その辺の面倒は少なくなるけど……おまえは？　それでいいのか？』

構わないと言いきったけれど、聖の言葉は胸に重くのしかかった。色眼鏡で見られることは慣れているとはいえ、まったく平気なわけではない。それは志朗にとってつらいというより面倒なことだった。

「言い訳して回るんもアホくさいわなあ」

なるようになれ、というのが志朗の正直なところだ。理解を示そうとしない輩《やから》というのには、どれほど心を砕いたところで無駄だということを、志朗はよく知っていた。

まして、宙彦を諦めることを思えば、煩《わずら》わしさなどどうということもない。

自分のためにあんなふうに泣いてくれる人間を振り捨ててしまうようなら、この先どんな恋愛をしたところで結果は同じだろう。

色を失った頬に透明な雫《しずく》が流れて、本当にそれはきれいだった。

他人の泣き顔をそんなふうに感じたのも初めてだった。大抵のそれは映画や物語のように、美しいものではないからだ。

宙彦の存在は重くて、その分だけなお愛おしい。あれほどにまっすぐに求めてくれる人間を、志朗は今まで知らなかった。

先のことなどわからないとうそぶける強さ、その若さだけが志朗の武器になる。したたかにもなるだろう。宙彦のために。

そして、そんなふうに人を思う気持ちの果てが、嫌な結果になるようなことだけにはするまいと、病室のベッドの上で、ひとり志朗は思っていた。

医者に宣告された期日より早くに折れた骨をくっつけ、志朗はけろりとした顔で世話になった病院を後にした。

愛車のバイクは幸いに車体の歪みだけで済み、入院中に修理は完了していたが、宙彦が心配するとまずいからとまだしばらくは店に預けたままにしてある。

ちょうど店の方も暇だというので、その日はそのまま休ませてもらう旨を電話で連絡した後に、志朗はまっすぐに宙彦の家へと向かった。

保険で治療費はだいぶ安く上がったものの、タクシーに乗るほどの余裕はもとよりない志朗は、バスを乗り継いでいくことにした。

宙彦には、今日訪ねていくことは内緒にしてある。退院することも、実は明かしていなかった。いきなり現れた自分に、宙彦はいったいどんな顔を見せるだろうと想像して、思わず緩む口元を引き締める志朗は、いつも以上に強面《こわもて》な自分の表情をバスに乗り合わせた人々が恐る恐る窺っていることには気づいていなかった。

バス停から宙彦の家までは緩い斜面が続いている。二週間とはいえ、まったく動くことのできなかった身体には、思うよりも堪えた。

(鍛え直さな、あかんなあ、こりゃ)

軽く息の上がる自分を情けなく思いながら進んでいくと、見慣れた門が近づいてくる。やっと帰れた。自然にそう思って、胸に浮かんだ「帰る」という単語に苦笑する。大阪の実家より、自分のアパートよりも、ここが志朗の場所になってしまっているのだと、今さらに実感した。

重い門扉を押してくぐると、広い庭先には水をまく細いシルエットがあった。志朗には気づいていないらしい宙彦に声はかけないまま、そっと近づいていく。

ぼんやりとホースの口を握ったままの宙彦は、時折に遠くを見てはため息を零している。切なげなそれに疼く胸をこらえながら、もう腕を伸ばせば届く距離に間合いを詰めた時だった。

「志朗……」

ごく小さな声で名を呼ばれ、志朗は知らず破顔する。

「なに？」

「え？」

返るはずのない声にぎょっとしたように、宙彦は振り向いた。そして、志朗の姿を見つけて驚きに目を見開く。

「ただいま」

やや照れくさく、頬を掻きながらそう告げると、呆然とする宙彦の腕からホースが取り落とされる。当然ながら、勢いよく水が噴き出しているホースは、ふたりの身体の間で踊るようにくねった。

「わっ」

「あ、うわっ、ごめん！」

悲鳴を上げたふたりはとにかく蛇のように逃げ回るホースを捕まえようと躍起になるが、なかなかうまくはいかない。

「うわ、あかん！　水、止めてこい宙彦！」

叫んだ志朗の声に宙彦が蛇口へと走る頃には、ふたりともずぶ濡れになっていた。着替えほかの入った志朗のバッグはとっさに放り投げたので無事だったが、着ていた衣服は水が滴《したた》るほどになっている。

「手厚い歓迎やなあ」

失笑する志朗に、宙彦は「ごめん」と繰り返した。驚かせた自分の方が悪いと、この場合言えなくもなかったのだが、恥じ入るように俯いた姿があまりに彼らしくて笑ってしまう。

「タオル貸して。着替えさせてもろてええ？」

「あ、勿論……というより、お風呂入ったら？　風邪ひく……」

同じほどに濡れてしまった宙彦は、言いさした途端に小さなくしゃみをした。「そっちが先でええよ」と志朗は笑う。

久しぶりだというのに、なかなかに笑える再会になってしまったが、宙彦の気持ちをほぐすにはかえってよかったかもしれないと志朗は思う。退院したらどうの、と言っていたことを、宙彦はおそらく言った本人以上に意識しているだろうから。

揃《そろ》って玄関に上がり込み、タオルを取ってくるからと先に行った宙彦は、小走りに戻ってきた。これ、と差し出されたタオルを手に取ると、上がりかまちで靴を脱ぐ志朗に、小さな声で彼は言った。

「……おかえり」

やわらかに綻んだ唇へ、言葉の代わりに口づけた志朗を、宙彦も咎めはしなかった。

台所に顔を出すと、三好は目を丸くし、ついでずぶ濡れのふたりに「まあまあ」と大笑いした。

「志朗さんも来るならそうおっしゃっていただかなきゃあ。お夕飯、足りるかしらね？」

あれこれと冷蔵庫の中身を物色し始め、「ご飯も足さなきゃ」と呟く彼女は実に嬉しげで、志朗はほっと息をつく。

「ああもう、三好さんのご飯久しぶりやあ。病院の食事まずうてかなわんかったしなあ」

嬉しがらせではなく、本心からそう言った志朗に、彼女は「腕の見せ所ね」と笑う。

「その前にお風呂に入ってらっしゃいな」

「はーい」

子供のような返事をして、連れだって歩き出す。庭仕事などを手伝って汗だくになることが多かったため、この家の風呂は何度か借りたことがあった。家風呂としては広く、長身の志朗でも足を伸ばして入れるほどにゆったりした浴槽は実に心地いい。

入院中はギプスをはめていたため身体を拭く以外なく、たまにシャワーで頭を洗う程度だったので、これでやっとまともな風呂に入れると志朗は喜んだ。

濡れた身体は寒さを覚えていたが、一緒に入るほどには開き直れていないふたりは急いで順番に風呂を済ませた。

濡れた髪を拭いながら食卓へ辿り着けば、そこにはもう夕食の用意がされている。志朗の快気祝いということでめずらしく三好も一緒に食事を摂り、晩酌を差しつ差されつして、彼女が案外いける口だということも知った。志朗が風呂に入っている間に近くの酒屋で買ってきたのだという地物の生酒《きざけ》はほのかに樽の木の匂いがして、冷やのままそれを楽しんだ。

かれいの煮つけも、地物のなすのしぎ焼きも実に美味で、冷めた病院食に飽き飽きしていた志朗は歓喜の声を上げた。三好のかぶらのみそ汁をすすり、本当に生きていてよかったと呟いた時には、「酒落《しゃれ》にならない」とふたりに怒られてしまったが。

「それじゃあね、またね、志朗さん」

賑やかに済ませた夕餉《ゆうげ》の後、何度も振り返りながら三好は自宅へと帰って行った。

残されたふたりは、彼女がいてくれたことで薄まっていた緊張が、次第に色濃くなり始めるのを肌で感じながらも、何気ないふりで居間へと戻っていく。

残った酒を手酌でやりながら、普段は滅多につけないテレビを見るともなしに眺める。生中継の野球は中盤にさしかかったところで、寝るというにもまだ早いと志朗はぼんやりと思った。

「飲む？」

「いや、いいよ」

先ほど、宙彦も口をつけたけれど、盃《さかずき》一杯で色白の頬は赤く染まってしまった。すすめられた盃を断る顔は微笑みを浮かべてはいるけれど、ほんの少し眉根が寄っていて、ぎこちない気まずさをよけいに意識させる。

（どないしたもんかな）

あからさまに緊張している宙彦に、志朗も動きかねている。時間が経てば経つほどにその微妙な空気は重くなり、思わずため息をつけばそれだけで、薄い肩はぴくりと跳ね上がった。

「緊張、しとる？」

声をかけると、うろたえたような表情を見せた後、こっくりと宙彦は頷いた。

「ごめん、なんか、情けないんだけど」

無理に作ったとわかる表情で微笑んでみせる宙彦に、そっと手を伸ばす。少し強引に抱き寄せると、小刻みに震えていた。

しばらくは無言のまま、互いの体温を確かめるようにふたりは身じろぎさえしなかった。

しかし、腕の中に緊張のあまり青ざめている頬を見つけ、志朗は吐息混じりに口を開いた。

「もうちっと、ゆっくりいこうと思うてたんや、ほんまはな」

「え……」

「けど、なにがあるか、わからんやん」

怯えさせないように頬へ軽く手を添え、触れるだけの口づけを落とす。強ばった唇がそれを受け止め、やわらかに力が抜けるまで幾度もついばんだ。

「のんびりなんかしとれへん。病院のベッドの上で、俺、思ったんや」

吐息が触れ合う距離で、志朗は口づけの合間に、そっと囁く。

「今回は助かった。でも今度は、死ぬかもしれん。その前に、やっときたい」

「そ……んな……」

淡々と不吉なことを口にした志朗に、宙彦は目を見開き、悲鳴じみた声を上げた。

「そんな、ことっ……言うな！」

志朗はその悲愴な表情に痛ましげな目を向けた後、「けど」、と続ける。

「ほんまのことや。明日のことなんかわからん。バイクに乗ってなくても、道曲がったとこで車に轢《ひ》かれてまうかもしれんし」

「志朗……志朗、よせよ」

目を瞑り、かぶりを振った宙彦に「聞け」と彼は静かな、だが抗えない声で言った。

「事故るん、俺はこれで二度目や。そっちも足、やられたけど、この通り生きとる。けどそれは運がよかっただけや。一緒に走っとったツレは即死やった。いい気になってスピード出して、対向車のトラックに、正面から行ってもうて」

はっとなったように宙彦は顔を上げる。語られたことのなかった志朗の過去に、驚きを隠せないようだった。

「まさか、大阪から出てきたのって」

祭しのいい彼に苦笑しつつ、志朗は頷く。

「俺だけ助かったんは、ほんまに運やったけど……その日誘ったん、俺やったんや。向こうの家族に悪くて……居づらくなってな」

友人の母親の絶叫を思い出し、僅かに肩を震わせる。絵に描いたような「おふくろさん」は、志朗にも本当によくしてくれた。両親とうまくいかない彼のために「息子のついで」と弁当を作ってくれたこともあったと、懐かしいことを思い出す。

その彼女が、息子の葬儀の席で、志朗に放った言葉は今も深く胸を抉《えぐ》る。

「やっぱしなあ、人殺し、言われたん、きつかったなあ」

やさしく微笑んでくれた顔を歪ませ、激しい口調で罵ってきた彼女に、一言も返すことはできなかったと、志朗は淡々と宙彦に語った。

「……志朗」

青ざめた宙彦は、呆然としたまま腕の中にいる。ぬくもりが嬉しくて、志朗はその髪に頬を寄せた。

「正直、無理に連れだしたんとも違うし、ほんまにあれは事故やった。ただ……あいつの方がほんのちょっと、先の方走ってただけやった」

もしそこで友人を追い抜いていれば、死んでいたのは自分だったのかもしれない。そう言うと、宙彦は激しくかぶりを振り、きつくしがみついてきた。

志朗にしても、ここまでを告げるつもりはなかった。だが、もどかしいほどに臆病な宙彦との距離を縮めるには、いっそなにもかもをさらけ出す方がいいように思われた。

「死んでまうより、絶対なことない。知っとるやろ。……多分、俺らは人より、それを知ってるやろ」

まだ少し湿っている宙彦の髪を指で遊びながら、志朗は静かな声で言った。

「ぐちゃぐちゃ考えんな。俺にしとき。大事に、したるから」

なあ、と抱いた背中を、子供をあやすように揺すってやると、細い泣き声が聞こえた。

「なんや。泣くことないやろ」

囁くと、しがみつく身体の震えは、いっそう大きくなっていく。覗き込むようにして顔を上げさせると、宙彦は、「いいの」、と言った。

「本当に、いいの？」

瞳を合わせたまま頷くと、宙彦はくっと唇を噛んだ。そして、ゆっくりと顔を近づけてくる。

宙彦から初めて与えられた淡い口づけは、少し苦い涙の味がした。

＊　傷跡　＊

部屋に行こう、と切り出したのは宙彦の方だった。志朗はただ無言で頷き、先ほどと同じように連れだって歩く廊下がやけに長く感じられる。

戸を閉める音を聞きながら、宙彦は震える指でシャツのボタンに手をかけた。その手を、背後から伸びてきた志朗の腕が留める。

「……俺にさせてや」

囁きは甘く、背筋を悪寒に似たものが走り抜けた。志朗の意図はわからないではなかったが、宙彦はかぶりを振る。そして、自《みずか》ら手早くボタンを外し始めた。

「宙彦？」

「……見て欲しいから」

なにを、と戸惑うような声を出した志朗の前で、宙彦はシャツを開き、振り返る。

「こんな……こんなみっともない身体でも、それでもいい？」

まだ、灯りは煌々《こうこう》とついたままの部屋で、宙彦の日に焼けない白い肌がさらされる。ぬめるような光沢の透明感のある肌、そのなだらかな腹部には、ひきつれた大きな傷跡があった。痛ましいそれに志朗は眉を顰めたが、怯んだ様子はない。

「痛かったやろ」

ぽつりとそれだけを言って、大きな手のひらを這わせてくる。

「術後の方が……。事故の瞬間には、気絶してて、憶えてないんだ」

腹部の傷が呼吸につれて緩やかに動き、ほっとしたように宙彦はベッドへと腰を落とす。

実際のところ、どれほど言葉を並べられても、膨らみのない胸や肌に走るこの傷跡に、志朗が落胆するのではないかと危ぶんでいたのだが、そっと傷口を撫でる指の暖かさに、宙彦は詰めていた息を吐き出した。

宙彦の前に跪《ひざまず》いた志朗は、僅かに隆起のある傷跡に、やわらかな口づけを落とした。肩を震わせた宙彦は、そっと黒い艶やかな髪を抱きしめる。

さらされた肌のあちこちをついばみながら、宙彦の唇へと辿り着いた志朗のそれは、噛みつくように激しかった。

「細いなあ」

深い口づけをほどき、濡れた唇のままの志朗はぽつりとそう呟いた。自分のいない間に少し痩せてしまった宙彦を咎めるように、「ちゃんと食え」と怒ったような口調で言う。

「気をつける」と答える言葉の語尾は、また唇の中に溶けた。

腰を抱く指の強さに少し怯えながら、それ以上に志朗がこの傷にさえためらわずにいてくれることが宙彦には嬉しかった。

「これ、気にしとったん？」

脇腹まで伸びる傷跡を撫でながら、志朗が訊ねてくる。頷くと、苦笑混じりに彼は言った。

「そんなんどうでもええのに。大体、俺かてこんなん、あるねんで？」

「前の事故の？」

「そうや。大腿部《だいたいぶ》粉砕骨折でな。ボルト十二本埋まっとる」

ここに、とジーンズに包まれた逞しい脚を叩いてみせ、ふざけた口調で志朗は「見る？」と言った。だが宙彦が頷くと、本気にするとは思わなかったと快活に笑って、宙彦の隣に腰掛ける。

「そんなら、お見せしますか」

喉奥で笑いながらジーンズのジッパーに手をかけた志朗を見て、今さらながらずいぶん大胆なことを言ったのだと宙彦は赤くなった。

「なんや、今頃赤うなって。こっちが恥ずかしいやん」

言いながらも、あっさりと彼はジーンズを脱ぎ捨てる。現れたのはトランクスで、スポーティなそれはあまりあからさまな感じがせず、なんとなく宙彦はほっとした。

「ほら、ここ」

指で示されるまでもなく、いくつもの縫合痕が残る右脚の腿《もも》は、宙彦の傷にもひけを取らないほどのひどさだった。つい昨日までギプスのはまっていた左脚のすねが僅かに細い。これで危なげなく歩いてみせる志朗の体力と精神力には、感服するほかないと宙彦は思った。

「痛かった？」

先ほど彼に投げかけられたのと同じ質問を呟くと、志朗は頷く。

「痛いっちゅうより驚いた。脚がな、こう、こっちに捩《ねじ》れてんねん」

身体をひねり、背後を示してみせる。関節がまともならば決して向くはずのない方向に、宙彦は事故のひどさを想像し、顔を顰《しか》めた。

志朗がしたように、傷跡を指でなぞってみる。自分のそれと同じようにひきつれた隆起は、まだ年月による変色を起こしておらず、生々しい感じがした。

「……触らんといてくれ」

「あ、ごめん……痛かった？」

不意に志朗が硬い声で言ったので、びくりと宙彦は手を引っ込める。その手首を取り、やや強引な仕種《しぐさ》で志朗はベッドの上へと倒れ込み、宙彦を抱きしめた。

「あ……どう、したの？」

急激な状況の変化に目をしばたたかせた宙彦の耳に、志朗のうなるような声が届く。

「あかんて」

「なに……あ」

身じろいだ拍子に、下肢が触れ合った。志朗の脚の間で起きた変化にようやく思い至り、宙彦は顔に朱を刷《は》く。脚に触れた指に他意はなかったが、場所が場所だっただけに志朗にとっては結構な刺激だったようだ。

「わかってへんでそういうことするから、かなわんなあ、もう」

「ごめ……」

双方赤くなりながら、片方は怒ったような顔になり、もうひとりはなんだか笑ってしまった。それでも唇が重なる頃にはその感触だけを追いかけていた。


シーツに倒れ込み、もつれ合うようにしてまた口づける。

志朗の一回り大きな身体に抱きしめられ、その広い肩と引きしまった筋肉の流れが怖くもあり、また頼もしくも感じた。

直に肌が触れた瞬間、電流が走ったかのように身体中が甘く痛み、爪の先までも疼きを覚えた。言葉もなくただ口づけを交わすだけで、熱いものが込み上げてくる。揺らぐ感情はそのまま身体に表れて、湧き起こる羞恥に肌が震えた。

志朗に怖いかと問われ、言葉は返せないままましがみついた。

怖くないわけはなかった。

年齢を重ねる分だけ、全てをさらけ出すことにためらいは深くなる。まして、他人との些細な触れ合いにさえ慣れていない宙彦には、生々しい志朗の体温は刺激的にすぎた。

脱ぎ去った衣服は足下にわだかまり、ベッドの上からはせわしない呼気が聞こえる。時折に淫らな声が混ぜ込まれ、それが自分の声だとは、宙彦にはにわかに信じがたかった。

初めて知るセックスはあまりに強烈で、志朗がなにかする度に宙彦はおかしくなっていった。

「ああ、いや……いやだ、ああっ」

胸の上には彼の唇があって、強く弱く吸い上げられる小さな隆起は硬く尖り、赤く充血している。そこが感じると知れてから志朗はしつこく左胸を弄《いじ》り、下肢の間に滑らせた指と共に宙彦の体温を上げていく。

「志朗……志朗……っ」

上がる息を混ぜた声で志朗の名を呼び、身体を確かめるように触れる宙彦の手のひらは、なんの計算もないだけに情熱に溢れ、志朗の熱をも高めていく。

身体は燃えるように熱く、浅い息を紡ぐ唇は乾いた端からまた濡らされる。息苦しくて切ないと訴えても、志朗はまったく聞き入れてくれない。

「いやとちゃうやろ？」

そんなことを言った彼に濡れそぼった熱を強く刺激され、宙彦は悲鳴じみた声を上げた。

いやらしく指を蠢かす志朗は、駆け上る手前で必ずその手を緩めてしまう。長く引き延ばされる快感は、体力のない宙彦にはむしろつらかった。

手加減してくれと訴えても、「もうしてる」と返されてはどうにもならない。

「嘘……や……」

「嘘ちゃうて」

囁くような声音の、その艶めいた響きになすがままに乱されながら、熱っぽい口づけが嬉しいのだから自分も始末に負えないと宙彦は思う。

次第に、なにがなんだかわからなくなってくる。ぼんやりとなる頭は熱くて、そのくせに感覚だけは研ぎ澄まされていく。

志朗の荒い息が頬に触れるだけで嬌声を上げそうになり、堪えるために身をよじれば思いがけないところに触れる指に乱された。

大きく開かされた脚も、止めどなく溢れてくる濡れた声も、なにもかもが恥ずかしい。

「そろそろ、ええかな」

「な、にが……？」

独白のようなそれに、苦しい息を堪えて問いかけると、少し待て、と頬に小さく口づけられ、志朗が身体を離す。

遠のいた体温が不安になり、弾む息のまま上体を起こせば、志朗は先ほど脱ぎ捨てたジーンズを探り、なにかを取り出していた。

「寝とり」

「……それ、なに？」

「ええから」

大きな手のひらに包まれた全容は見えなかったが、ひとつはビニールの包装で、もうひとつは病院で貰《もら》うような軟膏《なんこう》のケースに似ている。

「なに……するの？」

答えず、憮然とした表情でまた押さえ込んでくる志朗は、さっさとそれらを枕の下に押し込んでしまう。

「？　しろ……う、ん……」

その態度によけいに不安を煽られたが、熱を持った唇をまた塞がれてしっかりと誤魔化された。思考がぐずぐずと蕩けていき、志朗の与えてくる感覚以外はわからなくなっていく。うっとりと目を閉じていた宙彦は、身体の上に乗り上がった男が、更なる不埒な行為に及ぼうとしているのにまったく気づけずにいた。

「脚、もちっと開いて……力、抜いててな」

「ん……？」

ふわふわと頼りない身体を、言われるまま無防備に開いた宙彦は、次の瞬間ぎくりとする。とんでもないところに、硬く濡れたなにかが触れてきて、なおかつその狭い器官をこじ開けようとしている。僅かに軋む感触は、ゴムのようだった。

「し、ろう……っ」

怯えた声を上げ、宙彦は思わず逞しい肩を引き剝がそうとする。それは許さず、志朗は身体の最奥をその指で開こうと力を込めた。

「や、やだ……や、め……！」

「力むと痛いで」

耳元に流れ込んだ声は恐ろしく真剣で、どうあってもやめる気配はなく、宙彦は抗う動きを収めるほかかない。強ばった頬へと唇を寄せ、志朗は這わせた指を馴染ませるように軽く押してくる。

「……ゆっくり、するから」

瞳を覗き込まれ、宥めるようにやさしく囁かれて、もうなにをと問うことも恐ろしく、志朗を信じるほかに道はなかった。

「う……く」

じんわりと、異物が体内に入り込んでくる。穿《うが》つ指のもたらす不快感を必死で堪える宙彦の顔は苦悶《くもん》に歪んでいた。

「ええな、その顔。くるわ……」

そんな表情にさえそそられると呟く志朗は、己の外道ぶりを嘲笑いながらも、宙彦の熱い内部を探る指は止めない。狭い器官に塗りつけられたゼリー状のぬるみは忍んでくる動きを助け、やがてなめらかに抽挿《ちゅうそう》が始まる。

「ん……んんっ」

小さく聞こえる濡れた音と体内の異物の動きの呼応にいたたまれない気分を味わいながらも、衝撃に冷えかけていた器官の熱がじりじりと上がり始めるのを知り、宙彦は身もだえた。

「痛いか？」

「じゃな……けど、ヘンな感じ……」

切れ切れの声でけなげに答える宙彦の指は、助けを求めるように志朗の背中に縋っている。時折ひきつるそれが背骨の辺りをくすぐり、じわりと押し寄せる快感の手前の刺激を志朗も息をついてやり過ごした。

深く突き入れた指をそろりと動かされ、ああ、と小さな声を上げて宙彦は仰け反った。僅かではあるが苦痛以外のものが混じったそのあえかな声音を聞き逃さず、志朗は反応の鋭かった部分をもう一度指の腹でなぞる。志朗の硬い腹筋に擦れる宙彦の熱がひくりと蠢いた。

「ここ、ええの？」

問いかける低い声が上擦っていたが、志朗も構っている余裕はないようだった。目をきつく閉じたままだった宙彦は、囁きに背中を震わせながらもそっと瞼を開き、濡れた瞳で頷いた。

明晰《めいせき》な頭脳ではあるものの、下世話な話題に疎《うと》い宙彦は男同士のセックスについてもほとんど無知に近い。志朗がなにをするつもりなのか、ここまできてもぼんやりとしか理解していなかった。

無垢であるということは、貪欲になるのにためらいがないともいえる。与えられる快感に戸惑うよりも先に溺れる宙彦は、艶めかしく細い喉をおののかせ、濡らされた下肢の奥は無意識のままに志朗の指先を呑み込もうと蠕動《ぜんどう》を繰り返した。

「あ……あ、志朗……あ……！」

せわしなく息が弾み、身体中が震える。志朗に触れられる全ての部分が熱く痺れ、汗が噴き出した肌がぬめった。肩に縋る指からも力が抜け、両の手はぱたりとシーツに落とされる。

唇が乾いて痛みを覚え、宥めるために小さな舌でそれを舐めると、食らいつくような口づけに捕らわれた。穿たれる指と同じ動きで口の中を弄られ、苦しい、と言ったつもりの言葉は志朗の喉に溶けていく。

ほったらかしにされたままの宙彦の性器は、身体を拓く長い指を悦び、ひくつくように震え、間欠的に体液を染み出させている。

「も……だめ、もう……！」

舌足らずな声でかぶりを振り、絡んだ舌をほどく。行き場のない熱をどうにかしてくれとついに涙を零すと、縋りついた腕を剝がされ、身体を裏返された。

「なに……っ」

「こっちの方がつらくないねんて……腰、上げれるか？」

場に不似合いなほどのやさしい声が、有無を言わせない響きを持っている。なぜだかひどく怖かったけれど、すくむ身体を堪えておずおずと腰を掲げる。取らされた体勢の恥ずかしさに眩暈がしたが、志朗の言うようにするほか、宙彦にできることはなかった。

「志朗……」

怯えと、媚びのようなものを含んだ眼差しで肩越しに振り返ると、背中に唇を落とされる。背筋から腰の丸みへと手のひらを這わされ、力を抜けと促されているのだと宙彦は感じた。

もう一度そろりと入り込んできた二本の指は、容易に奥までを暴き立てる。体勢が変わったせいで感触さえも違う気がした宙彦の、呻く声は濡れて甘くひずんだ。

そして、ゆっくりと広げられたそこに、ひどく熱いものが押し当てられた。本能的にびくりと背中を震わせた宙彦に、「力むな」と険しい声がかかる。

「力抜いとらんと、痛いのん宙彦や」

苦しげな吐息に、彼が引くつもりはないことを知らされる。

「うそ……うそだろう？」

おぼろげな想像が真実であったと悟り、宙彦は喘ぐような声で呟いた。だが、腰に当たる熱の高いそれは確かに志朗のセックスにほかならない。硬直し、抗うことさえできないままの身体を、長い腕が背後から包み込んだ。

「頼む、いややて、言わんといて……」

「志朗……だって、志朗っ……」

懇願するような声に振り向けば、つらそうに顔を歪めた志朗がいる。汗の滴る精悍な顔は真剣で、それだけに淫靡《いんび》だった。志朗の表情の醸し出すものに感じて、宙彦は小さく腰を揺らめかせる。

「もう限界やねん……いやや言うても聞いてやれん……」

ひどくしたくはないから、頼むから受け入れてくれと志朗は言った。拒まれても、聞き入れるだけの余裕はないからと。

なあ、とねだるように押し当てられた腰に怯えながらも、若い恋人の精一杯の自制と我慢がわかるだけに、宙彦は押し黙る。噛みしめた唇をまたほどく、という動作を繰り返した後、消え入りそうな声で宙彦は言った。

「いい、よ……」

ごく小さなそれを聞き逃さず、志朗は背中に安堵に似た息を零す。汗の浮いた肌の上を呼気が掠め、ふるりと宙彦は身震いをした。

「……あ」

　そして、志朗が入ってくる。

「あ……あ、……あっ、……あ！」

　痛みはなかった。指であれほどに弄られたのはこのためだったのかと感じながら、凶悪なほどの熱が質量を伴って体内を暴くのを、シーツを握りしめながら宙彦は耐えた。

「……痛ない？」

「ひ、……っ！」

　ゆっくり、ゆっくりと、その生々しいものは宙彦を犯した。いっそ一息に突き抜かれた方がましだと思うほどに、その感触はリアルにすぎた。志朗の形に拓かれていく狭い器官は、宙彦の意思をまるで無視してせわしない蠢動《しゅんどう》を繰り返す。

「志朗……や……！」

　腰を支えていた長い指が、細かく震え続ける脚の間にも触れてきて、宙彦は甘い悲鳴を上げた。首筋を吸われ、尖った胸の先を擦られて、ひとりでに揺れる腰が志朗の動きを助け、志朗の熱の塊がついに深みまで届いてしまう。

　体内でずるりとそれが滑るのを感じ、宙彦は背中を仰け反らせて甘い苦悶に耐えた。捩れた細い腰を両手で抱え直した恋人は、今までの緩やかなそれが嘘だったかのように激しく動き始める。

「ああ、やだ、動かさないで……し、しないでっ」

「あかんて、もうっ」

切羽詰まったような声を聞かされ、耳朶を嚙まれてまた悲鳴を上げた。反り返る首筋に、ひきつる背中に、いくつもの口づけを降らされて、過敏になった肌がちりちりと焼ける。

「ふ、あ……うぅっ……あ、あっあっあっ！」

もう意味のある言葉など紡げないまま恍惚《こうこつ》として口を開き、甘ったるい喘ぎと共に零れていく声に羞じらう。

自分の身体を支えられず力尽きた腕がシーツを掻き毟《むし》る。腰だけを高く上げたままの獣のような体勢で突き上げられ、ずるずるとシーツの上を淫蕩な熱に嘖まれる身体が滑っていった。

両手を胸に回してきた志朗が、小さく張り詰めている二つの隆起を抓《つね》るように弄ってくる。彼の指がなにかする度に濡れた身体の奥が熱く疼いて、それだけでもつらいのに、大きな塊が擦り上げてくる感触に狂ってしまいそうだ。

「あ……おかしいっ……ヘン、なっちゃ……う」

「ええんやな……？」

どこかほっとしたような、そのくせ凶悪な笑みを浮かべているのがわかる声音で、志朗は囁いてくる。卑猥な匂いのする低い声に、ゾクゾクと宙彦の背中を電流に似たものが駆け抜けた。

「わ、わかんないっ」

呂律《ろれつ》の回らない言葉は幼く、それでいて淫らな響きを持っていた。所在なく汗に湿った髪をかき乱した細い指が、志朗のそれに捕らえられた。手の指を全て絡めるやり方で繋がれたそこに縋るようすがを見つけ、与えられた腕に宙彦はしがみつく。

「……っあ、しろっ、志朗っ」

しゃくり上げながら名を呼ぶと、卑猥に甘い声がやさしい命令を下してくる。

「痛いことないなら、気持ちいい、て、言うて？」

「い、……きもち、いい……っ」

意味もわからないまま言われた通りに口走ると、「可愛い」と囁かれて腰が砕けそうになる。

身体がぐずぐずと蕩け、どこからが自分でどこからが志朗なのかわからなくなっていく。深い愉悦に腰の奥がうねり、志朗が呻く。いくつか唆《そそのか》されるままに少し過激な言葉を叫んだ細い顎《あご》は強い指に捕らえられ、無理な姿勢で施された口づけに舌を差し伸べたのは宙彦の方だった。腰をひねって腕を伸ばし、艶やかな黒髪に指を絡めた瞬間に、それは訪れる。

「あ！」

「……う、キツっ……！」

短く叫んだ宙彦が、激しく痙攣《けいれん》した瞬間、志朗の指が痛いほどに肌に食いこみ、脚の間が、溢れ出た体液でねっとりと湿りを帯びた。

「は……あ——……」

がくがくと揺れる身体に送り込まれた抽挿に、また小さく達しながら宙彦の身体がシーツへと崩れ落ちる。

「ふ……っ」

艶めかしい吐息を零して、志朗がゆっくりと離れていく。身体の中には、志朗の放埒《ほうらつ》の瞬間のおののきが感触として残っていたけれど、それ以上に濡らされることはなかった。少しだけ正気を取り戻した宙彦は、そこでようやく彼が避妊具を使用したことに思い至る。

「……どう？」

ぐったりとシーツに伏せた宙彦の脇で手早く始末をつけた志朗が、まだ少し荒い息のまま顔を覗き込んでくる。濡れた下肢をティッシュで拭われるのは正気なら耐えられたものではなかったが、そんなまともな感情を覚えるほどには覚醒していなかった。

「疲れた……」

色気も素っ気もない台詞だが、心底そう思っていたのでつい零してしまった宙彦に、志朗は目を丸くした後、苦く笑った。

「そらま、そうやろけど……それだけかいな」

なんとなく期待外れなことを言ってしまったらしい。すまないとは思ったけれど、もうどうにも怠くて口をきく体力さえ残っていなかった。

強烈な眠気が襲ってくる。考えてみれば、志朗が入院してからというもの、いろいろと物思うところが多くて、まともに睡眠を取っていなかったのだ。

「眠い？」

「ん……」

仕方のない、と志朗はまた笑ったようだった。けろりとしたその様子に、根本的な体力の差（もしかすると年齢のそれ）を思い知らされ、宙彦はややげんなりとする。

「ホントに昨日まで入院してたの……？」

重く熱い瞼を閉じたまま呟くと「ほんまやって」という声が聞こえた。ゆっくりと体温が近づき、広い胸に抱きしめられたことがわかる。

つい先ほどまでこの腕に感覚をかき乱され、恐ろしささえ覚えたというのに。宙彦は包むように抱きしめられた胸へと安堵の吐息を零し、頬をすり寄せた。

「俺、まだ治まらへんねんけど」

「……あ」

「なあ……あかん？」

腰を抱いた手が、先ほどまで好きにしていた場所へと指を差し入れてくる。余韻にまだ蕩けたそこから甘いものが込み上げたけれど、睡魔の方が遥かに強烈だった。

「だめだ……眠い……」

もう語尾の怪しい宙彦の声に、志朗はあからさまに落胆のため息をついたけれど、身体は深い眠りへと引きずり込まれていく。

「ごめん、寝かせて……」

「おい……」

もう半分以上眠りながら、宙彦はつい口を滑らせる。

「起きたら、する……」

「え、ほんま？　なあ……って」

喜色を浮かべた志朗の顔を見ることもなく、とろりと意識は乳白色の闇に溶けた。

泥のような眠りに引き込まれる一瞬に、志朗がなにやら不穏な言葉を吐いている気がしたが、もう宙彦にはなにもわかりはしない。

眠る宙彦の淡く色づいた唇は甘く綻び、幸福を絵に描いたようなその表情に、年若い恋人が複雑な顔で嘆息《たんそく》したことも、彼は知る由もなかった。

＊　指先　＊

さらさらと透明な日差しが零れかかる。

秋口には長く続いた雨もこのところ訪れがない。晩秋の庭先に満ちる陽光はやわらかく、縁側でスケッチブックを抱える宙彦の髪をいっそう淡く見せていた。

やわらかな光の縁取りに映える優美な顔立ちの持ち主は、無心な表情で紙面に鉛筆を走らせている。

邪魔をしないようにそっと隣に腰を下ろせば、ちらりと宙彦は目線を流し、ほんの僅かに笑んでみせた。

たなびく雲は薄くちぎれている。この月に二十歳になった志朗は、相も変わらず庭仕事を終え、気にせず続けるように目顔で語りかける。そして膝下をぶらりと縁台から垂らしたまま、日差しに暖まった板目の上に背中を倒した。

言葉を交わす会話はないけれど、通じ合っている空気の穏やかさがふたりの間に流れていた。

「ふう……」

ややあって、吐息をついた宙彦がスケッチブックを閉じる。寝転がり、組んだ腕に頭を乗せたまま目を閉じていた志朗は、一段落ついた気配に首を巡らせる。

「いけそうなん？」

「うん、だいたい」

最近になって挿し絵の仕事が増え始めた宙彦は、少し疲れの見える、それでも満足げな表情で志朗を見下ろした。

「今やっとるのはなんの分？」

「雑誌のエッセイのカット。花とか、植物のラフな水彩画が欲しいんだって」

筆の早い方ではない宙彦は、本業の童話は年間通してそうそう書き下ろすことができない。こうした簡単なカットなどを仕上げるのは早いのだが、自分の話を作り上げるとなると思い入れのある分いろいろ考え込んでしまうらしかった。

長い腕を伸ばし、人差し指と親指をするりと細い顎に触れさせると、ぴくりと細い首筋が震えた。志朗は、宙彦の顔の中でも唇から顎にかけてのラインが特に好きで、口づける時も淫らな行為に及ぶ時でもよくそこに触れる。

艶めかしい記憶が甦ったのか赤くなる宙彦の瞼が少し腫れぼったいことや、動作の億劫《おっくう》そうな気怠《けだる》げな雰囲気が仕事の疲ればかりのせいではないことは、志朗が一番よく知っている。

「手、離して」

ひっそりした声が咎めてくるけれど聞き入れず、薄い唇を親指で掠った。

もう何度か身体を重ねて、大分志朗に慣れてきた宙彦だったが、そちらの欲求というのは根本的な体力に比例するものだと思っている。

毎回こちらの気の済むまでに付き合わせていては細い身体が保たないことは、志朗もわかっているけれど、たまにはたがの外れる時もある。

昨晩がいい例で、朝方まで寝かせてやれなかったせいで、呟く宙彦の声は掠れて細かった。

といって、志朗ばかりが身勝手な欲を押しつけているのではない。

普段はほんの軽い猥褻《わいせつ》な冗談にも顔を赤らめる宙彦なのに、夜になって腕の中で剝き出しにされた肌はどこまでも淫蕩だった。体力のなさはいかんともしがたいけれど、細い腰を震わせながら志朗を呑み込んで泣く様は、志朗の男としての欲求を十二分に満たしてくれる。

今までこの身体に快楽を与えるものがいなかった分だけ貪婪《どんらん》にそれを受け止め、ひとつひとつ教える度に志朗を悦ばせることに必死になる宙彦は、ひどく淫らできれいだ。

汗や、その他の体液に濡れながら、いい、と叫んだ声を思い出し、不穏な光を湛えた志朗の瞳に気づいたのか、宙彦は僅かに顎を引く。

「志朗……三好さん、いるんだから」

「嘘つけ。買い物行ってはるやろ」

言い訳めいたことを口にした宙彦に、腹筋を使って上体を起こし、不意打ちで唇を掠め取る。

「もちっと、慣れてや」

「無理だよ……」

笑いながら言った志朗の言葉はかなり本気だったが、からかわれたと思ったのか真っ赤になって絶句した後、むっとしたように宙彦は眉根を寄せた。

険しい表情をしても今ひとつ迫力に欠けるのは、それが本気ではないからだ。宙彦の整った顔立ちが本心からの憤《いきどお》りを表せばどれほど冷たく冴えるのかを知らないわけでもない志朗は、にやにやとしながらもう一度しなやかな身体を寝そべらせる。

ただし今度は板目の上ではなく、細い宙彦の腿の上に。

「志朗っ」

声を上げた宙彦に構わず、唸りながら思い切り伸びをする。

「あー……気持ちええなあ。天気はええし。枕、ちっと硬いけど」

「悪かったね。だったらどけばいいだろ！」

髪を摑《つか》んで引きずり下ろそうとする宙彦に「冗談やん」と志朗は甘えてみせた。肉づきが薄く、筋肉もそれほどついていない宙彦の身体は頼りない感触がする。女のそれとは違うけれど、やわらかく指の沈むなめらかな肌の手触りが志朗はことのほか好きだった。

横向きに寝転がり悪戯《いたずら》に少年のような膝頭を撫でると、びくりと緊張する腿の感触が頬に伝わった。

「よせってば……」

弱い部分をしつこく撫でていると、震えを帯びた声が頭上で聞こえる。膝に乗せた志朗に身じろぎの全てが知られてしまうのが恥ずかしいのか、宙彦の身体は必要以上に緊張していた。

軽くじゃれるつもりだった志朗も、視線を逸らしたまま唇を噛む赤い頬を見つけてしまい、だんだんと引き返せない気分になってくる。

「だめって……」

腕を伸ばし小さな頭を引き寄せると、宙彦も口では拒みながら素直に上体を折る。幾度か軽くついばんだやわらかな唇はおずおずと開かれ、舌先を潜り込ませる頃にはしっとりと濡れていた。

薄目を開けると、息苦しさと無理な姿勢に宙彦の顔が歪んでいて、どうにもいけない気分になってくる。

「……三好さん、後どんくらいかな」

「わ……かんな、あ……」

志朗の言葉の意味に思い至った宙彦は、だめだよ、と呟いた。

この家から一番近くのスーパーマーケットまで、徒歩では三十分はかかるため、三好は大抵原付で買い出しに行く。だが、そのついでに顔見知りとの四方山話《よもやまばなし》も済ませてくるため、小一時間は戻らないのが常だ。

その間に「できる」だろうかと不埒な算段をする自分の腕から、逃れようともがく恋人を強引に捕まえたまま、器用な指を背中から腰にかけて何度も往復させた。

「志朗、ホントにきつい、やめて……」

胸を喘がせながらのそれは切なげで、かえって煽られたような気分になったが、無体を働くわけにもいくまいと渋々ながら志朗は手を離す。

あからさまにほっとした宙彦が恨めしく、横目にじろりと睨めつけた。

「……ごめん」

だが、不服げな志朗の視線に本当にすまなそうに肩を落とした宙彦を見てしまっては、いつまでも不機嫌な顔をしている自分の方が理不尽に思われ、苦く笑って見せるほかにない。

切りなく求めてしまうことが、自分の中の情緒不安定さに基づくものだと知っているだけに強くは出られなかった。

「しばらく、こうしとってええ？」

「大人しくしとるから」と言うと、宙彦もようやく顔を綻ばせる。

目を閉じ、触れた場所から伝わってくる体温と、瞼に感じる午後の日差しを満喫する。

くつろいでいるように見せかけながらもどこか安らがない自分を知る志朗は、胸を上下させて大きく深い息をついた。

宙彦と過ごす時が穏やかにやさしい分だけ、忘れそうになる過去が時折痛い。

彼岸の中日は、入院騒ぎに取り紛れるまま過ぎてしまった。今年もまた墓前に手を合わせることは叶わないだろう友のことを思えば、しくしくと胸が軋んだ。

彼を亡くしてから、まだ二年しか経ってはいない。それでももう、あの時のやるせなさを思い出の中に封じ込め、恋人の膝でくつろぐ自分がここにいる。

(らしくない、わな)

表情には出さないまま自嘲《じちょう》して、ころりと寝返りを打った志朗の髪を宙彦の指がやさしく撫でた。命日が近づいていることを宙彦に話したことはなかったが、少しばかり様子の違うことには気づいているのだろう。

「今日は、泊まっていく?」

きついと言っているくせにこんなことを言い出すのが、なによりの証拠だ。

昨晩も、飢えたように求める自分に幾度かの抗議はしてきたものの、結局、宙彦は受け入れてくれた。縋るように背中に回された細い腕が、必死に自分を抱きしめてくれることが嬉しく、結果無理を強いることになってしまったことを、志朗はほんの少し悔やんでいる。

「無理すんなや」

目を閉じたまま呟いた声は僅かに苦かった。知らぬふりで、宙彦は髪を撫で続ける。

「だめな時はちゃんと断るだろう、僕は」

やわらかい指の感触に、そういえばこの指を初めて握りしめた時、もっと触れたいと感じたことを志朗は思い出す。そろりとした所作《しょさ》で捕らえ、口元に運んだ爪の先は少し冷たい。指先への口づけを受けながら、宙彦は静かな声で「時々ね」と言った。

「このまま、壊されたいって思う時もあるよ」

きわどく不穏な言葉に目を開けると、意外なことに宙彦は穏やかな表情のままだった。

「きみといるのは気持ちいいから、そればっかりじゃいけないと思うこと、多いよ、ほんとに」

「宙彦が？」

どちらかといえば理性的な部分の多い彼の台詞に、志朗は驚く。軽く肩をすくめて、宙彦はつと笑みを零した。

「志朗が思ってるより僕はずるいから」

「そうか？」

起き上がり、抱きしめ直した細い身体はしんなりと腕の中でやわらかくなる。

「いけないけど……志朗のことだけでいられたらいいと思ってしまうよ。……きみもそうだったらいいのにって」

睦言《むつごと》のようなそれを紡ぎながら、宙彦の声は甘えてはいなかった。

「だからきみが、なにか引っかかってること、あるんなら、早くそれが終わればいいと思うよ。勝手で、いやだね」

「そら……」

言いさした志朗の唇は指で塞がれて、その上から唇を軽く押し当ててくる宙彦に言葉を封じられる。

「元気で、いて」

お願いだと囁きながら、もう一度。

「なにもしてやれなくて、ごめんね」

いや、と志朗はかぶりを振った。そして深く、唇が重なる。息をつけないほどに強く貪って、痛むほどに抱きしめた腕の力にも、宙彦は抗いを見せなかった。

もう会うことの叶わない友人へと感傷を覚えながら、確かな体温を持つ恋人の唇に癒される。

忘れてはいけないこともあるけれど、いま確かなのはこの背中を抱きしめた細い腕の持ち主だ。

「墓参り」

「ん？」

「ずっと……行ってへん」

唐突な呟きに、宙彦は「そう」とだけ言った。そして甘やかすように、広い背中を撫でてくれる。

「行かなくちゃね」

「うん」

「気をつけて、帰っておいでね」

「……うん」

少し歪んだ表情を隠すように肩口で頷くと、くすぐったいと宙彦が笑った。

その声を聞きながら、友人の墓前に一度も訪れていないことを思って、また少しだけ志朗の胸は痛んだ。


その日の夜、疲れているだろうとは思いつつ手を伸ばした志朗のことを、やはり宙彦は拒みはしなかった。ただ、翌日の仕事は平気なのかとそれだけを訊ねられ、心配ないと志朗は答える。

「朝、こっから行く」

「……うん」

口づけながらはだけたシャツに手を差し入れ、胸を撫でているうちに宙彦は息が上がり始める。そっと掠めた薄赤い隆起は硬い指先に敏感に反応して、宙彦の喉から細い声を引き出した。

女性のそれより一回り小さなそこは、指で揉み込むように弄るうちにぷつりと立ち上がってくる。特に感じやすい部分を愛撫され、宙彦が細い脚をもぞりと摺り合わせた。かすかな所作であるのに、なぜだかひどく艶めいて映る。

「志朗……」

顔を覗き込んだまましばらくそこばかりを弄っていると、焦れったいと睨んだ後に腕を首筋に絡め、誘うように宙彦は背中からベッドへと倒れ込む。追いかけて吸い上げた唇は甘く蕩けた舌を覗かせ、志朗のそれに撫でられては震えた。

胸から腹部に走る傷へと舌を這わせれば、細い腰がうねるような動きを見せる。しつこく撫で続けていると、髪を握りしめる指が強くなった。

「志朗、志朗、もう、……あ」

上擦った声を無視して尖った鎖骨に軽く歯を当てる。志朗の胴を挟み込んだ細い脚が擦り上げるように締めつけてくる。腹に当たる宙彦のそれは既に高ぶり、熱く濡れていた。同じよう指で触れ、包むようにして揉みしだくと、手のひらをしっとりと濡らしていく。同じようにしてくれとねだると、まだためらいの残る指先が志朗のそれに触れてくる。

「ん……」

ぎこちないやわらかな指が与えてくる感触に思わず吐息をつくと、耳に触れたそれに感じたのか宙彦がふるりと背中を震わせた。

脚の間を濡らすものを高めてやりながら、志朗はそっと空いた手を後ろに忍ばせる。

「入れてええ？　きつうないか？」

指先で探る最奥は、連日のセックスに耐えられるものだろうか。昨晩より熱く感じるそこをそろそろと撫でていると、今さらだ、と切れ切れの声で宙彦が訴えてくる。

「そんな……こと、されたら……だめ……っ」

半端な刺激を与えたせいで疼いてしまうと言われて、涙目になった宙彦の目尻が赤く染まっているのを見つけてしまえば、こちらも引き返せるわけがない。

初々しくて、それでも淫らで、たまらないような色を浮かべるきれいな顔に欲情する。

「あ、……あ、や、あ……」

普段より気が急いて、少し強引に身体を繋げたが、宙彦の声は拒んではいなかった。無意識のままだろうけれど引き寄せるように腰を揺らして、両腕で必死にしがみついてくる。

身体を拓かれることがまだ本当は怖いだろうに、全身で縋りついてくる宙彦が愛おしくて切なくなる。それでもしょっちゅう身体を繋げているおかげか、覚えもいいようで、意図せずに揺らめく宙彦の腰使いに、時折には負けそうになるほどだ。

抱き合う形の交合は、宙彦にはつらいだろうと思うのだが、彼はその体位を好むようだった。志朗にしても、宙彦の乱れるさまを目にすることのできる方がいい。

髪と同じように色の浅い睫毛が震えながら瞬き、確かめるように志朗の顔を見上げてくる眼差しは情欲に濡れている。清潔な印象のある顔立ちが汗に濡れ、たまらないような声を上げながら腕の中ですすり泣くさまは、志朗の中の獣めいた欲望を煽った。

「はっ、ああ、ああ……っ」

腰を揺らす度に切れ切れになる声が、切なげでいじらしい。

こうした時には特に目につく色っぽい泣き黒子《ぼくろ》に舌を這わせながら身体を揺らすと、宙彦の体内が食いつくような締めつけを与えてくる。

持っていかれそうな感覚を歯を食いしばって堪え、両手で腰を抱えて強く抽挿を繰り返した。

「や、ああっ……！」

空《くう》に浮き上がった宙彦の両脚はひきつるように強ばり、脚の指は苦しげに折り曲げられた。

見下ろした真っ白な腹部の傷が激しい呼吸に上下し、その上を一筋の汗が流れていく。艶めかしい光景に喉を鳴らしながら、甘い声を上げ続ける唇を舌で撫でた。

「な、ここ……どう？」

深い部分を、腰を回して刺激すると、宙彦は泣き出しそうな表情で激しくかぶりを振った。

「そんなにしないで……しないでっ」

「もっとか」

「い、や……！」

嘘つきな言葉を無視したまま、いっそう深く宙彦を抉る。そして、少し意地悪に「やめるか」と訊ねると、恨めしげな表情で甘く睨まれた。動きを止め、汗に濡れた頬を擦り寄せると、宙彦の腰が焦れたように揺らめいた。

「やめ、ないで」

消え入りそうな声は鼻にかかり、泣かせてしまったなと思いながらも身勝手な満足感を覚える。

熱く濡れて絡みついてくる宙彦に取り込まれた志朗の熱にしても、もうそろそろ限界に近い。

つらい、と泣き始めた宙彦の表情は言葉に反して甘やかだった。いくらかの卑猥な言葉を投げかけながら、細い腰に回した腕を強め、ふと志朗は考える。

「宙彦、好き、て言うて」

「なに、急に」

唐突な言葉に、官能に惚けていた瞳に正気を宿らせ、驚いたように宙彦は問いかけてきた。

「聞いたことない。言うて？　なあ」

「あ、そ、そんなっ、したらっ……喋、れ、な……！」

送り込まれる律動にがくがくと細い首が揺れて、舌を嚙まないように口を噤んだ宙彦は、それでも何度目かの促しに答えてくれた。

「好き……好きだよ、志朗……っ」

「うん」

間欠的に痙攣する宙彦をシーツに押さえつけ、最後の瞬間を駆け上がるために律動を走らせながら、志朗は冗談めかした声で告げた。

「俺も愛してんで、宙彦」

「ば、か……！」

一瞬虚を突かれたような表情を浮かべた宙彦は、泣き笑いのような顔をした。その白い頰に、両手を添え、瞼に唇を寄せながら、身体が溶けていく瞬間を同時に味わう。

荒ぐ息が収まる頃、茶化した言葉をもう一度、今度はまじめな顔で志朗は告げてみる。

「ほんまやから」

その場を盛り上げるための睦言ではないと、汗に濡れた背中を撫でながら志朗は濡れた瞳を覗き込む。

「……うん……」

宙彦は幸せそうに笑って、ひとつ頷いた後、深く長い息をついた。

その目尻から零れていくものを見守って、志朗はもう一度、淡く色づいた自分だけの唇へと、厳《おごそ》かに口づけを落としたのだった。

＊　終章　―帰路―　＊

近くの家からもらったという芋を抱えてやってきた三好は、「焼き芋しましょう」と宙彦に言った。台所で調理するのかと思いきや、玄関先の砂利《じゃり》の上に木の枝を積んで、彼女はたき火を始めた。火の勢いがあらかた収まった頃、その中に丸ごとの芋を放り込んでいく。

志朗の落とした枝を乾かして取っておいたのだと言う三好は子供のように笑ってみせて、

「昔はどこの家でもこんなふうにしたもんですけどね」と懐かしげな顔をした。

少し太い棒きれで燻《くすぶ》るそれをかき混ぜると、ぱちぱちと火の粉と枝の爆《は》ぜる音がする。風の向きが変わり、まともに煙を吸い込んだ宙彦は小さく噎《む》せた。

「志朗がいれば喜んだだろうね」

目に染みる、と瞬きをしながら宙彦は思わず呟く。

「いつ、お帰りになるんですって？」

「さあ……聞いてないから」

先週、大阪に行って来ると電話で告げた志朗に、宙彦はなにも訊《き》かずに「行ってらっしゃい」と返した。なにをしに行くのかは明白なことだったし、よけいなことも言いたくはなかった。

ただ、愛車でツーリングがてら行って来るという言葉には一抹《いちまつ》の不安を覚えたけれど、それで故人を悼《いた》むつもりだということもわかっていたから強く止められるはずもない。

ただ気をつけてくれと、それだけは念を押したけれど。

(何日くらい行ってくるのか、訊いておけばよかったな……)

後になって気づく辺りはなんとも自分らしいかと、宙彦は内心で苦笑する。そして、そんなことにも思い至らないほどに志朗が「帰ってくる」ことを当たり前だと受け止めている自分を知り、不思議なものだと思った。

煙の流れていく風下には、先日になってようやく家に戻されたセドリックの姿がある。滅《めっ》多《た》に動かすことのないそれにあの日たまたま乗らなければ、今のこの時間もなかったのだなと宙彦は感慨深く白っぽい車体を眺めた。

この庭と共に、ただひとり朽ちるように残された時間を過ごして行くばかりだと思っていたのに、偶然出会った志朗の存在が、今では身体の奥深くに根付いてしまっている。

安穏と過ごしてはいても、全ての不安がなくなるわけでもない。

いずれ消えてしまうもので、この世界が満ちていることを忘れたわけではなかった。だがそれでも、志朗のくれた小さな未来の約束を信じられる自分がいる。

ただ、日毎に深まっていく想いが足枷《あしかせ》になるような真似だけはしたくないと宙彦は思う。どれほど心配してみても、志朗は走ることはやめはしないだろう。やめてくれなどと、宙彦にしても言うつもりはない。後ろに乗せろと言ったこともなかった。彼を想うことは、彼の世界のなにもかもを、その傍らにいて知ることではないからだ。

志朗には志朗の生き方があって、それを倣《なら》うように追いかけていくことはできなくても、ただここで待ち続けることならできるだろう。

違う場所にいるからこそ、会えた時の喜びも大きい。そういう小さな感動を、忘れない自分でありたい。

このまま行けば、いずれ生活を共にするような話も出るだろうが、それはその時になってみないとわからないことだ。

あっさりとそう思える今の自分が、宙彦は案外に好きだった。

「もう、焼けたかな」

火はあらかた消えかかっていたが、暖まった石の余熱で芋には火が通るだろう。強くなってきた風に、飛び火するとまずいというので残り火をかき混ぜて消してしまう。

もういいだろうと三好が言うので、表面が真っ黒になった芋を取り出すと、最後に水をかけてたき火を始末した。

「寒いし、中でいただきましょうか」

「そうだね」

暖を取れるものがなくなり、肩をすくめながら屋内へと戻ろうとしたふたりの耳に、もう聞き慣れたエンジン音が届く。思わず顔を見合わせた三好と宙彦は、どちらからともなく吹き出した。

「……噂をすればだ」

「お芋に呼ばれたのかしら？」

志朗の食い意地ならあり得ると宙彦は笑うと、門の外へと歩き出していく。

「三好さん、お茶お願いします」

「はいはい」

いくつかの芋をざるに入れ、三好は快く頷いた。彼女が屋内に消えたのを見送り、宙彦も再び歩き出す。

「おっ？」

門扉を引いて開けてやると、ちょうどその前にいた志朗が驚いた顔をした。エンジンをかけたままの車体を危なげなく支えた彼は、今まさに門を開こうとしていたようだった。

「あー、びっくりした」

大げさに言った志朗は「ただいま」と告げる。

「おかえり。前に驚かされたから、これでイーブンだね」

笑ってみせると、「なんやそりゃ」と志朗が答えた。そのすらりとした姿を眺め、どこにも怪我がない様子に、宙彦は深く安堵した。

「安全運転で行って来たって」

視線に気づいたのか、志朗はそう言って喉奥で笑った。わかっていても心配なのだとは口にせず、道を開けて中へ入るように促す。

「どうだった？　久しぶりの帰郷は」

「んー、別に」

気負うところのない返事だったが、声が嬉しそうだと宙彦は感じた。

「友達とかには会ったの？」

「ん、まあぼちぼち……あ、美琴に会うてきた」

「元気だった？　妹さん」

訊ねた宙彦に、志朗は眉を顰めてみせる。

「生意気になっとった。まあ、おかんよりうるさいわ、あれは」

中学に入り、女の子らしくなった妹の小言めいた口調を思い出したのか、志朗はなにやら口の中でぶつぶつと零している。

「会ってみたいね。きみに似てるの？」

「顔も性格も似とる。宙彦の話したら会わせえ言うてうるさかった」

「……話って」

いったいどんな話を、と胡乱《うろん》な顔をした宙彦に、にやりと志朗は瞳を眇める。

「おまえは趣味おんなしやから、会わせんて言うといた」

(言ったのか)

多くは語られなかったが、察するところ志朗は妹に宙彦のことを隠しはしなかったのだろう。その後、彼の妹がどういうリアクションを返したのか追及するのも気が引けて、宙彦はただため息をつく。

性格も似ているというのだから、おそらくあっけらかんとしたものだったのだろうが。

「そういうのってありなのかな……」

「ま、細かいことは気にせんでも」

「細かくないと思うんだけど」

頭が痛いとうなる宙彦を意に介さず、バイクのスタンドを蹴り、定位置に愛車を停めた志朗は、砂利の上に残る焼け跡に気づいたようだった。

「たき火でもしたん?」

「そう、ついでに焼き芋も」

「なんや、人のおらん時に楽しそうなことして」

案の定な台詞に笑った宙彦は、今焼き上がったばかりだと教えてやる。それでも志朗はやや不服そうだった。

「そういうんは、やるのが楽しいんやん」

子供のようだと可笑しくなって、宙彦は少し意地悪く訊ねてみた。

「じゃあ、食べない？」

「食う」

簡潔な答えについに吹き出したけれど、志朗はしらっとしたものだった。

「ああ、もう、まったく……」

喉奥で笑いながら、涙の滲んだ目尻を拭い、傍らの青年を宙彦は見上げた。

「きみのそういうところ、本当に」

「なんや」

いつまでも笑っている宙彦にさすがに憮然となった志朗に向けて、囁くように告げる。

「好きだよ」

いつものように笑って受け止めるかと思われたが、不意打ちの台詞に志朗は目を見開いた後、ふいと顔を逸らして玄関へと歩き出す。

どうしたのだろう、と追いかけた宙彦は、志朗の顔を覗き込んで驚いた。

「志朗？」

「うっさい」

「顔……」

「やかまし！」

そこには、精悍な顔を見事なまでに赤く染めた志朗がいて、宙彦の笑いはいよいよ止まらなくなる。

「じ、自分じゃいろいろ言うくせに」

もっと恥ずかしい台詞も山ほど吐いたくせにと笑い転げた宙彦は、案外に可愛いところもあった年下の恋人にきつく抱きしめられる。

「ああ、も……恥ずかしい」

弱りきった男らしい低い声が、耳をくすぐる。もう一度からかってやろうかと開いた唇は、強引なそれによって塞がれ、久しぶりの気がする口づけを受け止めながら、台所にいる三好の気配をそっと窺った。

案外に純情な部分をさらしてしまった志朗は「覚えとれ」と凄んで、意趣返しはその夜にまで持ち越されたけれど、思い出す度に笑ってしまう宙彦相手ではあまり効果はなかったようだ。


翌朝早く、志朗より先に目覚めた宙彦は、起こさぬようにその腕をすり抜けた後、静かに

居間の雨戸を開け、庭へと降りてみた。

少しずつ明るくなっていく空に、庭先が青白く染まっている。時間に拘束されない生活を送る宙彦は、朝を迎える瞬間を眺めるのも久しぶりだった。

朝焼けが眩しく、今日は雨になるのだろうかと考える。雪ならいいと思いながら、まだ少しそれには季節が早いことは知っていた。

冬の匂いのする空気を深く吸い込むと、肺の奥が冴え渡った。

冷え込みのきつさに縮こまる足の下で霜が鳴った。飛び石に苔のように貼りついたそれらも、あと僅かな時間で溶けてしまうだろう。

かじかんだ指を擦り合わせ、息を吐きかけると白く凝った。冷えた肩をすくめ、ぬくもりを求めてもう一度、志朗のいる場所へと引き返す。

「……ん？　うわ、冷た……」

もぞもぞと懐に潜り込むと、志朗は凍えたような指に驚き、眠たげに瞼を開いた。

「なにしとったん」

志朗はまだ半分眠ったままの声で問いながら、冷えきった身体を抱きしめてくる。身体が溶け出すような暖かさに、ほっと宙彦は息をついた。

「ちょっと、庭眺めてた。朝焼け、きれいだったよ」

「あー……ほんなら、雨かな」

ぼそぼそと言いながら睡魔に呑まれていく志朗に、聞いていないだろうと思いながら「そうだね」と答える。

志朗の心音と健やかな寝息を聞いているうちに、宙彦ももう一度瞼が重くなってくる。体温の高い志朗の腕に包まれて、ふわふわとしたまどろみを楽しんだ。


徐々に高くなる太陽が冬模様になった庭を照らし、霜の溶けた飛び石と芝が、しっとりと湿りを帯びる。

風が流れ、朝靄《あさもや》を吹き流した後には、小さな水滴に反射する光が庭一面に宝石をちりばめたように輝いて、世界を鮮やかに彩《いろど》った。

ほんのひとときで消えてしまう、儚《はかな》いその光景を見るものはいないが、誰が認めなくともその美しさに変わりはない。

誰かの寝息を愛おしく思いながら沈み込む眠りと、朝靄に濡れた庭があること、それは等価値の幸福であるだろう。

やさしいユビサキ

宇多田志朗《うただしろう》が最近になって知ったことだが、槇原宙彦《まきはらそらひこ》は、実際ひどい肩こりだった。肉の薄い華奢《きゃしゃ》なで肩は、腕の重さがそのままかかる上に冷えやすい。おまけに目と腕だけを酷使する仕事に追われ、ここ数年ろくに運動もしていない状況で、生活も不規則になりがちと来れば当たり前のことだったが。

「……またこら、ひどいなあ」

泊まりに来るたびマッサージを請け負っている志朗だったが、結構な頻度であるにも関わらず、手をかけた最初から今日まで、筋肉がほぐれていた試しがない。

「うう、ごめん……あ、そこそこそこ」

情けない笑い混じりの声で謝りつつ、宙彦は大きな手のひらの暖かさに陶然となった表情を浮かべた。

「きくー……」

そのうっとりした声音に、シチュエーションは間抜けながらうっかりどきりとさせられ、思わず強く力んでしまうが、

「あ、く……っ」

ますます艶めかしいような声が上がって、どうやら指は綺麗にツボにはまったらしいと志朗は判断した。

「あ、そこ……もっと」

「……こう？」

「ん……きもちいい」

椅子に腰掛けた薄い背中と細いうなじを眺め下ろしながら、交わす言葉がなんだか昨日の晩に酷似していると気がついた。それでいてアレの最中よりも宙彦は恍惚としている気がするぞと内心複雑になる。

もちろんひどく固まった筋肉に、ここのところ忙しくなった年上の恋人の身を、真面目に心配もしてはいる。もともとぼんやりしているし体力がないくせして、一点集中型でのめり込むと昼夜を忘れるタイプだから、仕事があけると反動でひっくり返ることも多いのだ。

「……あんまり、無理しなや」

ひっそり囁《ささや》くように言ったのは、そのなけなしの体力を更に殺《そ》ぐような行為に付き合わせている罪悪感も多少あってのことだったが、振り返り軽く微笑んだきれいな顔に、許されている自分を感じて幸福になる。

「背中もやったるから、ちっと横んなって？」

「ごめん、ありがと」

思う。

悪いね、と言いながら、宙彦も近ごろは遠慮をしない。そのことがひどく嬉しいと志朗は思う。

最近とみに感じることだが、頼りなさそうでいて結構しっかり宙彦は大人で、時たま暴走する自分を認めさせてしまっているのは志朗の甘えだ。どうでも駄目なときにはしっかりNOを言ってくれるのも、安心できる一因かも知れない。

趣味のバイクに乗ることにしても、実は宙彦がかなり心配しているのも知っている。それでも自分はやりたいようにしかやれないし、大人しくしていられる性分でもない。宙彦もそれをわかっているから、何も言っては来ないのだろう。

ベッドの上に横たわった、肩胛骨《けんこうこつ》の目立つ背中の中ほどを手のひらで押すと、いやに硬く冷えた感触が返ってくる。

「がっちがちやな…背中に板入ってんで」

眉を顰《ひそ》めて言うと、宙彦は圧迫感に切れ切れの、苦笑混じりの声をよこした。

「あーやっぱり……息苦しかったんだよね」

笑う事じゃないと言って睨むと、ごめんよと肩をすくめてみせる。最近は志朗のかわし方も覚えたようで、これはちょっとだけつまらない。

「あ……手があったかい」

けれど、心底安らいだような声にそう呟かれては、へその曲げようもなかった。

「そうか？」

「うん、ほっとする……」

嬉しがらせではなく、思わずといったふうに零れた言葉に、ほんの少し志朗は照れた。

自分にはなにもない、などと宙彦は言うけれど、ときめくような高揚感と安寧を同時に求められる恋人の存在というのはなかなかに希有なものだ。それでおまけに、聖《ひじり》曰くの「志朗の好みが服を着て歩いている」ルックスの、宙彦なわけだから。

知れば知るほど、じんわりと馴染《なじ》んでいく存在が嬉しいのはお互い様だろうと思う。

「あと、きついとこないか？」

長時間座りっぱなしのためこれも疲労のたまっているふくらはぎを揉み解《ほぐ》しながら訊ねると、んん、と宙彦はうなった後、「……ないよ」と答えた。

「なんや、その間は」

「だからないって……」

俯せたままの頬の辺りが僅《わず》かに赤く、志朗は訝《いぶか》しむ。だがその後すぐに宙彦の逡巡《しゅんじゅん》した原因に思い当たり、あまりタチのよろしくない笑みを口角に浮かべた。

「ひょっとして……」

言いながら、ほっそりとまっすぐな脚の付け根の辺りを大きな手のひらで押さえ込んだ。

「……！」

「……ここ、凝ってんねやろ」

囁くようにトーンを落とした声音で告げると、今度は誤魔化しようもないほどに宙彦は赤くなった。形よい耳朶《みみたぶ》まで血の色を透かしていることに、志朗の艶笑はますます深くなる。強ばりの感じられる内腿の筋肉は、指で押してみると他の部分とは違った張りつめ方をしている。なぜ、そんな部分が疲労を訴えているのかと言えば、つまり志朗の腰を必死になって挟みつけていたせいだ。

「ま、凝りもするわな、あんなぎゅうぎゅうにしとったら」

「なっ……そ……！」

枕に顔を埋めていた宙彦は、揶揄の言葉に上半身を跳ね上げたが、指摘された箇所に指圧を施され、結局は悔しげにうめくのみだ。

「ん……！」

「照れんでもええて、今さらやろ？」

盛大に赤くなったうぶな年上の恋人がこれ以上いたたまれない思いをしないよう、笑いを混ぜながらゆっくりと指に力を込める。作為のない手指で、きゅっと引き締まった腰の丸みにも圧力を加えると、恥ずかしさよりも心地よさが勝ったようで、細い背中から緊張感が抜けた。

「いつもこないなってんやったら、きつかったやろ」

ただでさえ無理な行為を強いる上、興奮やその他で緊張しっぱなしの身体が疲れないわけもない。これはやはり自重するべきだろうかと、らしくもなく殊勝な気分でいた志朗に、しかし宙彦はぽつり「きつくないよ」と言った。

また我慢でもしているのかと眉を寄せれば、気配で察したのか首をゆるく振り、ごく小さな声で続ける。

「そこが、志朗を憶えてるから……きついなんて、思わない」

わかっているのかいないのだか、ともかく大胆な発言に、志朗は照れてうっすらと赤くなり、ついで煽《あお》られたような気分になる。

「志朗……？」

肉の薄い身体を案じていた指先は、次第にあやしげな動きを見せるようになり、安心しきっていた宙彦にもその熱が移るのは、自然な成り行きというにはあまりに身勝手だけれど。

「こら……っ」

咎《とが》める声ももう本気ではなく、二人の間の空気も甘く重くなる。

背中にそっと、重みを載せないように覆い被さり、自重はどうしたと自嘲しながら、志朗は甘ったくる囁いたのだ。

「……疲れること、してええ？」

それに宙彦がなんと答えたのかは、ご想像の通りに。

あとがき

この『やさしい傷跡』というお話は、わたしがデビューした出版社以外から、はじめてのオファーをいただいて書いた作品です。

過去作品を文庫化するたび、昔のアルバム写真を見せられたり、親戚に幼いころの話を語られたかのような気分になり、いろいろ恥ずかしくなったりなつかしくなったりと感情がとても忙しくなるのですが、これもまたそういう一作です。

このところ、他社さんも含めて十年単位で古い作品を続けて文庫にしていただいていますが、いずれの本でも触れているように、当時の自分が描こうとしたものは、現在の自分では描けないし、手をいれたら違う話になってしまう――との考えから、今作も改稿はなしにしております。不思議なもので、いくら古くても『触れる』ものと『触れない』ものがあって、その判断基準はなに、と問われると、肌合いのようなもの、としか言えないのですが。

なにより、この本の改稿ができなかった最大の理由は、原稿自体が紛失されてしまったからというものでした。じつはわたしが、最初にパソコンで仕事の原稿を書いたのがこの本なのです。それ以前の数本のお仕事は、書院というワープロにて原稿を作成しており、その手のものはフロッピーディスクで保管しておりまして、パソコンにデータを読み込み直す、ということもできました。

しかし、まだパソコン初心者の自分はバックアップという概念が大変あまく、『やさしい傷跡』本文のデータはハードディスクに保存したのみだったため、我が家の初号機パソコンがクラッシュしたのち、『やさしい傷跡』の原稿も、同時に失われてしまったのです。

なぜかプロットのほうだけは、それこそフロッピーディスクに保存されていたんですが、おそらく本文原稿とプロットのファイルを間違えたのではなかろうか、と。

ともあれ、そんなこんなで、誤字ほかの校正以外はノータッチのこの本、時代設定もまた、一九九九年のままとなっております。志朗の雇い主である岡島の学生時代が校内暴力の嵐で……という設定も、八〇年代を青春時代とした彼のバックボーンを変更すると、なにもかもが変わってしまうなあ、と思われたからです。そのほかにも、ちらほらと時代背景を窺わせる描写が出てきております。

過去作をこうして出版していただくと、読者さんなどに『最近書いた●●のプロトタイプ的ですね』とよく言われることがあるのですが、じつはこの話については、意図的に「同じテーマでべつの作品を書こう」と思ってやってみたことがあります。同じく幻冬舎コミックスさんから文庫化していただいた『きみと手をつないで』が、それです。

気のいい、ちょっと過去に影のある、なんでもできる青年と、大きな家に住んでいる、年上だけど頼りない孤独な物書き。こうしてくくってしまうと、ほぼ同じようなプロットとなるのですが、もちろんそれぞれの作品はそれぞれに違うお話として成立しているし、焼き直し的な話として書いたつもりはまったくありません。

ただ、『やさしい傷跡』とは違うアプローチで、「ああいうもの」をきちんと書ききりたいと思ったこと、それだけは覚えています。

そしてあらためて、初期の作品には私の作品にとっての『最大公約数』のようなものがあるんだな、と感じました。職業は違い立ち位置は違えど、年下攻めで面倒みてくれてごはん作ってくれるひと、となると、もっとたくさんの私の作品がこの系統に連なると思います。

……というか、どんだけ、ごはん作ってくれる年下攻め好きなんですかね(笑)。でもこれからもきっと、書くと思います。料理上手な年下彼氏。

さていろいろ語りましたが、ノベルズ当時のイラストを使用許可くださった石原理先生、ありがとうございます。巻末に、当時のノベルズで使わなかった、表紙のラフを掲載していただいておりますが……じつはこれらは、私がラフを選びきれず、没にするのは忍びなくて、当時の担当さんに「きれいなままの絵が欲しいですね」と申しあげたのです。自分としては「ファックスでしか見ていないのでガタガタの線では哀しい、コピーでももらえまいか」と思ってのことだったのです。が、それがどのように伝わったのか、なんと石原先生は気前よくラフの直筆を譲ってくださり、送られてきたそれに私は腰が抜けるほど驚きました。

あとにもさきにも、あんな経験はないです。そして十一年、私の手元にだけ宝物として存在していたこれを、世に出す機会は二度となかろうと思い「掲載はどうでしょう……」とだめもとで提案したところ、これまた気前よくＯＫをいただけました。おまけに……初稿当時、志朗の乗っているバイクの車種が存在しないことも石原先生にご指摘いただき、修正した、という思い出もありまして、なにからなにまでお世話になってしまいました……。

石原先生には、もろもろの件も含めて大変に感謝しております。あらためまして、本当にありがとうございました。十一年経っても、石原先生の志朗は本当にかっこいいです。

前述の件についても快く許可くださった担当様、いつもありがとうございます。今年後半は新作ラッシュですが、なるべくイイコになるようがんばります……。

なつかしくも思い出深いこの一冊を、ノベルズ当時から好いてくださっている長い読者さん、新作として手に取ってくださった読者さん、ありがとうございます。

いっぱいいっぱいになりながら、懸命に書いていたお話をふたたび読んでいただけることは、作家にとって、ちょっぴり恥ずかしくも本当に嬉しいことです。

そしてまた新しいお話が生まれたら、目に留めていただけたら幸いに思います。またいずれ、どこかでお会いできますように。

✦初出　やさしい傷跡……………………………ヴァリオノベルズ「やさしい傷跡」
(1999年9月刊)
やさしいユビサキ……………………ノベルズ未収録作品

崎谷はるひ先生、石原 理先生へのお便り、本作品に関するご意見、ご感想などは
〒151-0051 東京都渋谷区千駄ヶ谷4-9-7
幻冬舎コミックス　ルチル文庫「やさしい傷跡」係まで。

幻冬舎ルチル文庫

やさしい傷跡

2010年6月20日　第1刷発行

✦著者	崎谷はるひ　さきや はるひ
✦発行人	伊藤嘉彦
✦発行元	株式会社 幻冬舎コミックス 〒151-0051 東京都渋谷区千駄ヶ谷4-9-7 電話 03(5411)6432[編集]
✦発売元	株式会社 幻冬舎 〒151-0051 東京都渋谷区千駄ヶ谷4-9-7 電話 03(5411)6222[営業] 振替 00120-8-767643
✦印刷・製本所	中央精版印刷株式会社

✦検印廃止

ISBN978-4-344-81985-6　C0193　Printed in Japan

『不謹慎で甘い残像』
崎谷はるひ
大手時計宝飾会社勤務の羽室謙也とデザイナー・三橋颯生は、恋人同士として甘い日々を送っている。同棲を決めたふたりは引っ越し準備で謙也の部屋を整理していてモトカノ・祥子のピアスを見つけた。颯生に言われ連絡をとった謙也はなぜか祥子を家に泊めるはめに。謙也は颯生の部屋で過ごすことになり、仮同棲が始まるが……!? 全編書き下ろし。
イラスト
小椋ムク
580円(本体価格552円)